KB062743

푸른 환영

푸른 환영

초판 1쇄인쇄 2023년 10월 25일
초판 1쇄발행 2023년 10월 27일

저 자 이서진
발행인 박지연
발행처 도서출판 도화
등 록 2013년 11월 19일 제2013-000124호
주 소 서울시 송파구 중대로34길 9-3
전 화 02) 3012 - 1030
팩 스 02) 3012 - 1031
전자우편 dohwa1030@daum.net
인 쇄 유진보라

ISBN | 979-11-92828-29-9 *03810
정가 13,000원

*이 책은 강원특별자치도와 강원문화재단 후원으로 발간되었습니다.

도화道化, fool는
고정적인 질서에 대한 익살맞은 비판자,
고정화된 사고의 틀을 해체한다는 뜻입니다.

푸른 환영

이서진 장편소설

차례

푸른 환영

1

파미르고원을 가보았나요?

그곳은 세계의 지붕이라 불릴 만치 아주 높죠.

고원의 꼭대기는 하늘과 맞닿을 듯 가깝고 흰 눈에 덮인 고봉들이 파노라마처럼 둘러있어요. 끝 간 데 없이 펼쳐진 하늘은 눈이 멀 듯 쨍하게 푸르고 땅은 푸른 융단을 깔아놓은 듯 광활한 초원이에요. 그처럼 파미르고원의 푸른 하늘과 초원, 흰 눈에 덮인 고봉들이 어우러진 색채는 너무 선명해서 오히려 비현실 같아요.

그 안에는 사막의 오아시스 같은 호수도 있는데, 에메랄드 그린 빛 수면 위로 비현실 같은 주변이 되비치는 걸 보고 있노라면 천상에 있듯 황홀해요. 그래서일까요. 그곳에 있게 되면 잠시 두고 온 진짜 공간의 일상은 어느새 잊히고 말죠.

그러나 물리적 먼 거리의 현실로 있을 때, 파미르를 떠올리면 시원을 거슬러 온 듯 아릿해져요. 어느 때 바람에 날려 온 투명한 천 자락이 잡아볼 수 없이 눈앞에서 팔랑이기만 하듯이요. 그 자락의 얇은 섬유조직 사이로 이곳 너머의 어떤 비의秘意가 얼비치는 것도 같고요.

파미르고원은 그런 곳이에요.

2

여자는 오늘 도영에게 파미르에 대해 말했다.

직접 마주하지 않고 전화기에서 흘러나오는 말을 듣는 건 어딘가 모호하면서 건조했다. 흔들리는 부표나 사막의 거친 바람에 쓸리는 모래 알갱이 같이 서걱거렸다. 어느 땐 황막한 바람 부는 봄날 오후의 무심한 햇살 같다가 차갑고 투명한 유리면에 배어드는 빛의 산란이기도 했다. 또는 윤활유가 제대로 칠해지지 않은 뻑뻑한 베어링 사이를 파고든 찰나의 미세한 스크래치처럼 찌릿했다.

그러면서도 어딘가에 깊은 웅덩이를 품고 있듯 은유의 미끌거림이 짙게 깔린 안개비 축축한 흐린 숲이기도 했다. 혹은 세상 풍파를 온몸으로 받아낸 신산함이었다가도 어느 순간 말간 표정으로 이윽히 바라보는 것 같았다.

여자의 목소리는 독특했다. 감기를 앓느라 코가 막혔을 때 나는 비음처럼 동굴 속에서 듣고 있듯 머릿속까지 스며들어 울렸다. 특히 니은과 미음을 발음할 땐 그 느낌이 더 강했다. 그런 목소리가 발화하는 말들에는 여러 겹의 물결이 출렁거렸다.

♣

파미르.

도영은 가본 적 없는 곳이다. 오래전 중등학교 교과목 중의 지리나 역사 교과서에 실린 걸 간략히 접했을 테고 간혹 스치듯 의식하지 못한 채 들었을지 모른다. 그랬기에 여자를 통해 듣는 그 지명은 생경했음에도 어쩐지 그 공간에 대한 상상의 감각은 폭을 넓혔다. 잡을 순 없으나 명징한 바람결로 도영의 공간에 들어찼고 쾌청함이 되어 탁한 기류를 정화할 것만 같았다.

그러나 도영의 지금 현실은 그렇지 않았다. 입안은 쇳가루를 한 줌 물고 있듯 비릿하면서 텁텁했다. 침을 모아 뱉어내거나 꿀꺽 삼켰어도 미세한 뭔가 목에 낀 것처럼 답답했다. 큼큼,

헛기침해보지만 이물감은 여전했다. 목 안이 따끔거리면서 쉿소리가 나고 컹컹대는 잔기침도 자주 났다. 그러고 보니 오늘은 담배를 두 갑이나 피웠다. 6평의 좁은 원룸 안은 채 빠져나가지 못한 담배 연기와 묵은 댓진 냄새가 꿉꿉하니 퍼져있다.

환기가 필요했다. 현관문을 열었다. 차가운 바깥 공기가 훅 밀려들었다. 문을 고정하려고 스토퍼를 내리는데 마침 복도를 지나던 사람이 원룸 안을 힐끗 쳐다보다 서로 눈길이 마주쳤다. 그는 얼른 고개를 돌렸으나 도영은 지저분한 속옷을 드러낸 것 마냥 찜찜했다. 환기를 포기하고 그만 문을 닫아버렸다.

창가 쪽으로 왔다. 담배를 피울 때 사용하려고 놓아둔 플라스틱 앉은뱅이 의자를 당겨 앉았다. 담배에 불을 붙여 한 모금 깊게 빨았다. 한 사람 머리나 겨우 드나들 쪽창으로 연기를 내뿜자 미처 빠져나가지 못하고 안으로 되들어 차고 만다. 창문 전체를 활짝 열고 싶어도 온전한 개폐장치가 되어있지 않아 쪽창만 열 수 있다.

11월로 들어선 밖은 썰렁했어도 한낮 햇살이 퍼지며 대기질은 좋았다. 도영은 여자가 말한 파미르를 연상했다. 천상의 풍경 같다는 그곳을 직접 가본다면 어떤 느낌일까 싶다. 눈으로 직접 보지 못하기에 환상을 가질 수 있겠다는 생각이 든다. 환상은 실상을 충분히 변형시키는 속성을 지니고 있을 거였다. 여자는 그곳 풍경이 너무 선명해서 오히려 비현실 같다고 했다. 현실에서 비현실을 갖는다는 건 결국 확연하지 않을 추상일 테고, 그런 요소들은 삶의 자락 자락에서 숱한 요원함으로 서성거릴 수밖에 없을 터였다.

담배를 피우고 컴퓨터 앞에 앉았다. 인터넷 검색창에 파미르를 입력했다. 파미르에 관한 블로거들의 글과 이미지들이 화면을 가득 채웠다. 호수를 중심으로 설선雪線을 이룬 준령이 길게 이어져 있고 흰 뭉게구름 무리는 산과 맞닿아 어디가 산이고 구름인지 언뜻 분간되지 않았다. 그 풍경은 푸르게 맑은 호수 수면에 실제같이 되비쳤다.

여자의 말대로 파미르는 사진이나 그림으로만 보는데도 충분히 비현실적이었다. 너무 선명해서 가상 같은 색채가 곳곳에서 배어 나왔다. 눈이 시리도록 차가운 흰 눈과 푸른 초원의 공존 대비가 잡을 수 없는 환각으로 머뭇거렸다. 어떤 사진 속의 기후는 유난히 따뜻하고 쾌적해 보였다. 오월의 맑은 날처럼 훈기가 아른거렸고 입자 투명한 유리처럼 불순물은 전혀 섞이지 않았다. 아주 작은 소리도 들릴 만치 한없이 고요한 사위는, 사람의 발길이 전혀 들지 않았을 태곳적 시원의 기류가 흘렀다.

도영은 손을 들어 모니터 표면을 가만히 쓸었다. 티 한 점 묻어나지 않을 순도 높은 푸른 하늘과 순백의 맑은 눈을, 푸른 물이 함빡 묻어날 것 같은 초원과 호수를, 찬란히 퍼져 내리는 햇살 속의 쾌청한 대기를.

하지만 손바닥에는 매끈한 단면의 감촉만 스칠 뿐 아무것도 묻어나지 않았다. 여자가 말한 파미르는 천상처럼 아름다워 진짜 공간의 일상은 잊히고 만다는데, 도영의 현실에선 실현될 수 없는 부재의 잡을 수 없을 한낱 추상이었다.

맥 빠진 도영의 눈길이 원룸 안을 건성건성 스쳤다. 전 세입자가 사용했던 걸 얻은 싱글침대의 매트리스는 탄력이 사라져 중간이 푹 꺼졌다. 이불과 베개는 오래 덮어서 문양의 나염이 흐릿해 세탁해도 묵은 땟자국이 남아있다. 구형의 벽걸이 에어컨은 흰색이었던 색감은 누렇게 변하고 가동할 때마다 털털 소리를 냈다. 옵션인 전자레인지와 싱크대에 부착된 용량 작은 세탁기는 낡은 구형이어서 가끔 작동이 멈췄다. 중고가구점에서 헐값에 산 책상은 한쪽 다리의 접속 부품이 헐거워 삐걱거렸다. 그 위에 사양 낮은 중고 데스크톱과 모니터가 있다. 싸구려 그릇 몇 개 들어있는 찬장과 개수대의 플라스틱 걸이통에는 오래 써서 결이 해진 낡은 수세미가 있다. 그 위로 지나다니는 바퀴벌레와 도배한 지 오래되어 변색 되고 들뜬 벽지. 날림공사의 흔적으로 아귀가 맞지 않아 잘 닫히지 않는 화장실 문. 방음이 제대로 되지 않아 들리는 옆집이나 윗집에서 크게 뀌는 방귀 소리. 퀴퀴한 하수구 냄새가 역류하는 배수관….

한없이 남루했다. 서너 걸음만 움직이면 사방 동선이 연결되는 좁은 공간의 그것들이 지금 도영에게 실현되는 실체였으며 최선이었다. 그에 비해 오늘 여자의 말속 공간은 이상향일 뿐이었다. 좁고 어둑한 틈새로 과하게 비집고 들어오는 햇살 뭉텅이를 바라보는 심정이었다.

문득 한 번도 가보지 못한 척박한 사막이 뜬금없이 떠올랐다. 처한 공간의 좌표를 알지 못하는 불안함을 안고 무작정 걸으며, 강렬하게 쏟아지는 열기에 휩싸여 헉헉대는 거라면 현재 도영의 일상도 그와 별반 다르지 않을까 싶다.

도영은 모니터 옆의 인스턴트커피가 든 잔을 들어 조급히 한 모금 마셨다. 커피는 한참 전에 타 놓아서 차게 식어있다. 텁텁하고 들척지근한 액체가 선득한 한기로 식도를 타고 내렸다.

카톡. 모니터의 카톡 앱 알람이 울렸다.

뭐 해?

모니터 하단에 경주의 프로필에 박힌 얼굴과 이름이 떴다. 도영은 곁눈질하면서도 열지 않았다. 곧 문자가 다시 떴다.

뭐 하냐고?

즉각 답하지 않는 도영을 향한 짜증이 배어있다. 도영은 마지못해 답했다.

뭘 좀 하 고 있 어….

글자 간격마다 시들한 성가심이 들어찼다.

3

오후 4시 20분이다. 도영은 일하러 가기 위해 원룸을 나섰다. 늦가을의 오후 거리는 썰렁했다. 오가는 사람들의 어깨도 잔뜩 웅크려있다. 가로수에서 떨어진 나뭇잎들이 도로 위로 우르르 쓸렸다. 계속 이어지는 차량이 그 위를 거칠게 지나갔다.

도영이 일하는 곳은 삼겹살과 돼지갈비를 파는 규모 작은 식당이다. 오후 5시부터 밤 10시까지 시간당 시급을 받고 있다. 식당 뒤편의 두세 평 될까 한 공간에는 허술한 천막이 있다. 협소한데다 환기가 제대로 되지 않는 곳에서 중국산 숯으로 피운 숯불을 화로에 담아 손님상으로 날랐는데 연기에 항상 눈이 시근거렸다.

손님상에서 사용한 고기 불판도 닦았다. 한 팀의 손님이 든 테이블에서 교체되는 불판이 대여섯 개는 되었는데 서너 팀을 받고 나면 커다란 고무대야에 가득 찼다. 그러면 물기가 철벅거리는 바닥에 쭈그려 앉아 세제 물에 담긴 불판을 처리했다. 더덕더덕 붙은 시커먼 찌꺼기들은 일반 세제로는 제대로 닦여지지 않았다. 일하는 식당에선 세척력이 강력하면서 성분 검증이 모호한 화공세제를 사용했다. 판을 담그면 빠르게 찌꺼기가 용해되면서 세척력이 우수했다. 효과가 좋은 만큼 독한 세제 냄새에 계속 노출된 코안이 쓰렸고 편두통이 자주 지끈거렸다.

도영은 얼마 전 집을 떠나 낯선 곳으로 왔다. 그간 지내왔던 익숙한 공간을 벗어나 다른 무언가를 해보고 싶었다. 하지만 형태를 달리할 뿐 여전히 이전의 테두리에서 크게 벗어나지 못했다. 식당의 시간제 일로 벌어들이는 수입은 공과금이며 관리비 월세 건강보험료 등의 지출을 제하면 혼자 몸으로도 먹고 살아야 하는 건 형편없었다. 그래서 항시 초조하고 불안했다.

요즘 다시 무언가를 재정립해야 하지 않을까 하는 착잡함이 깊으나 무얼 또 어찌 찾아야 할는지 막막해서 공허한 생각뿐이다. 이곳 생활을 시작할 때 다짐한 걸 이행하자면 지금 하는 일을 그만두어야 하지만 그럴 수도 없다. 식당에서의 수입이라도 없으면 알량한 생활마저 해결하기 힘들었다. 집을 떠나올 때 식구들에게 내세웠던 명분의 근사치라도 발현시키려면 이

일이라도 붙들고 지탱해야만 했다.

아직 어둠이 본격적으로 내리지 않았는데 저만치 보이는 고 깃집 간판엔 벌써 불을 밝혔다. 식당 주인이 출입문을 열어놓 고 빗자루로 현관 앞을 쓸고 있다. 도영은 그와 맞닥뜨리지 않 으려고 숨어들듯 식당 건물 옆으로 재빨리 돌아들었다. 식당 뒤의 천막 한 귀퉁이가 바람에 펄럭거렸다.

오늘도 최소한의 밥벌이를 위해 바깥이나 다름없는 그 안에 서 시간과 노동력을 저당 잡힌다. 물기 마를 날 없어 곰팡이와 물이끼가 꺼멓게 번식한 시멘트 바닥에서, 축축하고 차가운 비 닐장화에 비닐 앞치마를 두르고 역한 냄새 속에 있어야 한다.

♣

일을 끝내고 돌아오는 밤거리는 썰렁했다. 낮보다 기온이 한층 떨어졌고 바람결도 맵차 오가는 사람들이 뜸했다. 군고 구마를 파는 남자는 귀마개가 달린 모자를 눌러쓰고 양손을 비 볐다. 영업을 종료하는 가게에선 매장을 정리하고 입간판을 들 여놓거나 셔터를 내렸다. 깊어가는 밤거리는 하나둘 빛이 스러 지면서 어둠에 덮였다. 도영은 점퍼 앞자락을 여미며 주머니에 손을 찔러 넣었다. 그래도 찬 기운에 어깨가 잔뜩 웅크려졌다.

식당 안의 마무리까지 하고 났을 때 주인은 주급을 계산했다. 들고 다니는 손가방에서 만 원짜리 돈뭉치를 꺼냈다. 혹시 한 장이라도 더 갈까 연신 확인하며 질척한 침을 묻혀 세어 봉투에 넣지도 않고 툭 건넸다.

도영은 그걸 받으며 땀 흘린 고귀한 노동의 대가니 뭐니 같은 건 염두에 두지 않았다. 일주일 분의 생활비를 확보했다는 것과 열악한 하루치를 탕감한 홀가분함일 뿐이었다. 질퍽한 물기와 숯불 연기, 독한 세제와 고기 굽는 매캐한 냄새에서 벗어났다는 것만 일단 후련했다.

집에 도착하려면 삼사십 분은 걸어야 한다. 전광판에 불을 켠 빈 택시가 썰렁한 도로를 느릿하니 지나가다 도영을 향해 경적을 울렸다. 추워서 타고 싶은 생각이 간절했지만 그대로 지나쳤다. 주머니 속에서 만져지는 지폐의 부피가 얄팍했다. 이걸로 일주일 분의 부식과 몇 가지 공과금을 내기도 빠듯했다.

도영은 일을 마치고 원룸으로 돌아가면 식당에서 달라붙었던 냄새를 없애느라 꼼꼼히 샤워부터 한다. 그런 후 컴퓨터를 켜서 인터넷 서치와 게임을 하고 책을 읽거나 뭘 좀 끄적이다 새벽 3시쯤 잠자리에 들면 다음 날 10시가 넘어서야 일어난다. 아침 식사는 귀찮아서 건너뛰고 인스턴트커피만 한 잔 마신다. 낮 동안은 6평의 좁은 공간을 어정거리다 현실적인 소득 창출에 소용되지 않는 잡다한 걸 하면서 시간을 보낸다. 늦은 오후가 되면 영양은 고려되지 않는, 적당히 한 끼 때우는 간단한 식사를 하고 다시 일하러 간다.

그런 일정이 매일의 일상으로, 무미건조하게 반복되는 생활에서 뭔가 뚜렷한 변화가 일어날 일은 거의 없다. 그렇기에 앞날의 불투명한 불안감이 크다. 그걸 누르려고 달리 변화가 없을 일상이 오히려 안주감을 준다고 애써 여기고 있으나 현실의 척박함을 합리화하고 싶은 구차한 위안일 뿐이다. 주변 사람들이 현재 도영의 생활에 부정적인 걸 생각하면 그 위안마저 주눅 들고 만다.

밤거리에 잔뜩 포진한 어둠 농도가 점점 짙어간다. 도영은 밤하늘을 올려다보았다. 캄캄한 대기에 도시의 인위적 불빛이 가득했다. 도영이 내쉬는 숨결이 흐릿하게 퍼져나갔다.

4

도영이 잠에서 깼을 때 택배가 배달되었다는 문자가 와있었다. 경주가 보냈다. 보내지 않아도 되건만 굳이 챙기는 게 반갑지 않아서 굼뜨게 일어나 현관문 앞에 놓인 상자를 들었다. 그다지 무겁지 않은 걸 보니 자잘한 생필품일 것이다.

슬리퍼를 벗는데 신발장 거울에 도영의 모습이 비쳤다. 얼굴이 꺼칠하면서 칙칙했다. 눈 밑도 꺼져 있고 눈가 주름도 이젠 대놓고 자리를 잡았다. 빗질하지 않아 흐트러진 머리칼은 부스스했다. 오래 입은 흰 티셔츠의 목둘레는 빨아도 지워지지 않는 묵은 때가 거뭇한 데다 축 늘어졌고 잿빛 트레이닝복 헐렁한 바지는 무릎이 튀어나오고 보풀이 일어나 있다.

이곳으로 온 후 도영은 옷을 제대로 차려입거나 모양새를 다듬지 않았다. 아는 사람 없는 곳에서 저녁 시간에 식당으로 일하러 가는 것 말고는 누굴 만나거나 볼일 보러 나갈 데도 달리 없었다. 혼자 지내는 일상에서 매일 그런 차림새로 시작하고 끝났다. 찾아오는 사람도 없었다. 유일하게 경주가 주말에 올 뿐이었다.

상자를 여는데 마침 경주에게서 문자가 왔다.

택배 받았지?

응. 여기서도 충분히 구할 수 있는데 뭐 하러 수고롭게 보내는 거야. 필요하면 내가 살게.

누가 그걸 몰라? 일일이 사자면 다 돈이잖아!

맞는 말이다. 그러나 지금 도영으로선 챙김을 받는 고마움보다는 껄끄럽다. 사내놈이 얼마나 능력 없으면 고작 몇천 원짜리도 해결 못할 것처럼 여겨져야 하나, 라는 자괴감이 든다.

경주와 문자를 주고받고선 여자에게서 혹시 연락이 왔나 수신함을 확인했지만 없다. 여자는 파미르에 대한 통화 이후 그제도 어제도 기척이 없다. 이틀일 뿐인데 전화가 없자 궁금함을 넘어 초조해졌다. 이상했다. 얼마 전까지 전혀 알지 못했던 여자가 자꾸 일상으로 파고들었다.

♣

도영이 지금 사는 곳은 정안靜安이라는 소도시다.

그곳에 한 북 카페가 있다. 차를 팔며 독립출판 도서를 전시 판매하는 곳으로 책 읽는 걸 좋아하는 사람들을 대상으로 프로그램을 기획해서 행사도 열었다. 그중 문학과 연관된 시 낭송과 소설 낭독회는 반응이 좋아서 매번 정원을 채웠다. 자체 동아리도 있는데 회원은 7~8명쯤 되었다. 그들은 일주일에 한 번 정기적으로 정해진 책을 읽고 토론하거나 비정기적으로 선정 도서 저자의 강연을 들었다. 강연이라야 카페 단골이나 회원을 위주로 하는 단출한 소모임 정도였다. 행사가 끝나면 저자와 참석한 사람들이 모여 식사나 술을 마시는 뒤풀이 시간도 있었다. 그리고 한 달이나 두 달에 한 번 주말 시간을 맞춰서 당일 여행도 다녀왔다.

도영은 지난 늦여름의 어느 주말에 북 카페 행사에 우연히 참석하게 됐다. 친구 A 때문이었다. 북 카페는 A의 지인이 운영하는 곳인데 A는 평소에도 주변에 카페 홍보를 많이 해주었다. 도영에게도 참석해보라고 말했으나 행사는 주로 밤에 열렸고 그 시간엔 식당 일과 겹쳐서 가능하지 않았다. 참석했던 날은 마침 일을 쉬었고 정안에 살지 않는 A가 도영도 볼 겸 일부러 온다기에 가야만 했다.

그 무렵은 여름이 막바지로 치달으며 연일 높은 기온을 기록했다. 모든 것들이 뜨거운 기류에 휩싸여 흐느적거렸고 사람들의 일상은 지쳐있었다. 기상청에선 자주 폭염주의보를 발령했고 재난안전부에선 온열병에 대처하는 일상 수칙 문자를 수시로 공지했다.

행사가 있던 날 카페가 있는 동네에 도착했다. 에어컨이 가동된 버스에서 내리자 안과 밖의 온도 차가 극명했다. 오후 4시가 넘은 시각임에도 치오르는 지열과 내리쬐는 햇빛으로 숨이 턱 막힐 지경이었다. 머리카락이 감싸고 있는 두피에서도 금세 땀이 빠작빠작 배어 나왔다.

전화기를 꺼내 A가 보내준 북 카페 주소를 열었다. 카페는 주택가면서 소규모 인쇄소 및 개인 사무실과 몇 군데의 카페 식당 등이 모여 있는 끝에 자리하고 있었다. 점심시간이 지난 휴일의 거리는 후텁지근하면서 나른한 적요가 흘렀다. 맞은편 구릉에 연한 숲에서 매미만 소란스레 울어댔다.

카페 앞에 도착했을 때 도영은 의아했다. 안과 밖이 개방된 대부분 카페와는 달랐다. 건물을 빙 둘러 어른 어깨높이쯤의 담이 쳐져 있었는데 윗부분과 지붕만 보였다. 온통 흰색으로 단장되기까지 해서 회색이나 갈색 톤의 평범한 주변 건물들 사이에서 유독 두드러졌다. 그래서인지 외따로 분리된 느낌마저 더했다. 카페 이름도 담 한쪽에 작게 있어서 일부러 관심을 두지 않는다면 그냥 지나칠 수 있었다.

그와 함께 눈길을 끄는 또 다른 강렬함이 있었는데 맹독처럼 후려치는 새파란 쪽대문이었다. 흰 바탕인 담과 건물에서 한두 사람이나 드나들 크기의 채도 높은 푸른색은 예기치 않은 질문처럼 돌발적이었다. 그로 인해 건물의 흰 색상과 한여름의 무도한 햇살이 도드라졌고, 나른한 적요가 맴도는 주변 분위기가 더하며 마치 지중해 연안의 어느 마을에 있는 듯했다. 망망하게 펼쳐진 푸른 바다와 강렬하게 내리쬐는 햇살을 배경으로, 경사면의 대지에 가지런히 열을 지은 이국의 흰 건물들이 겹쳤다. 그곳에 방점을 찍은 듯 새파란 창이나 출입문을 연상케 하는 쪽대문은 아주 인상적이었다.

도영은 강렬한 햇살에 땀이 주르르 흐르는데도 쪽대문을 한참이나 바라보았다. 시원의 밑바닥으로 스며들듯 웅숭깊은 푸름이어서였고 저 문을 밀고 들어서면 어떤 무엇이 있을까, 싶어지며 묘한 설렘이 들었다. 어린 시절 읽고 싶었던 동화책을 펴기 전 표지를 먼저 살피며 어떤 내용일까 무척 궁금해지던 것과 비슷했다.

조심히 문을 밀고 안으로 들어섰다. 각 맞춰 자른 듯 네 귀 반듯한 마당이 나타났다. 서향으로 기우는 오후 햇빛이 카페 건물 지붕에 막 걸치고 있었다. 마당은 극명한 경계가 지워졌는데 건물 그림자가 진 면적의 서늘한 그늘과 햇빛이 드는 반대편의 환한 대비가 선명했다. 순간 다른 세계에 발을 들이민 것 같았다. 그늘과 양지야 살면서 접하는 숱한 풍경 중 하나일 텐데 새삼 그런 느낌이었는지 모르겠다.

마당은 그리 넓지 않았다. 안쪽으로 조성된 화단엔 해바라기 등의 키 큰 식물과 사이사이 키 작은 여름꽃이 자리했는데, 특별하지 않은 그런 풍경에서도 건물 외관처럼 아랍 어느 가정의 소박한 중정으로 들어선 이국 분위기가 느껴졌다. 아마도 둘러친 담이며 건물의 흰 색상과 쪽대문의 새파란 색채 때문이었지 않았나 싶다. 아니면 쏟아지던 강한 햇살과 단층인 카페 건물보다 층이 더한 옆이나 뒤에 있는 건물이 좀 더 높아서였거나, 그런 막힌 공간에서 올려다보이는 한정된 하늘 때문이었는지도 몰랐다.

화단 옆에는 커다란 세인트버나드 한 마리가 줄에 묶여서 낯선 도영을 보고 있었다. 위협적으로 보이는 덩치 큰 개를 맞닥뜨린 도영은 주춤했으나 개는 워낙에 많은 사람이 드나들어서인지 경계하거나 달려들려는 의지는 없어 보였다. 도영을 잠시 쳐다보곤 화단 쪽으로 가더니 바닥에 털썩, 주저앉아 무심한 눈빛을 했다. 덩치에 어울리지 않게 순한 검은 눈망울과 콧등이 텁텁한 햇살 속에서 축축했다.

양지쪽에는 몇 사람이 둘러앉을 수 있는 야외 테이블에 파라솔과 의자가 있었다. 그곳에 누군가와 앉아있던 A가 들어선 도영을 향해 손을 흔들었다. 도영은 A가 있는 자리로 갔다. 함께 있던 남자가 일어나면서 악수를 청했다. 카페 주인이었다.

여자를 처음 만난 건 그곳에서였다.

♣

행사가 시작되려면 시간이 아직 일렀다. 그동안 도영은 파라솔 밑에서 카페 주인과 A와 이런저런 얘기를 나누었다. 그때 쪽대문이 밀리며 한 여자가 들어섰는데 두상 형태가 고스란히 드러난 짧은 머리가 눈길을 잡았다. 옷차림은 깃이 없는 푸른색 슬리브 블라우스에 짧은 청색 치마를 입고 있었다. 왼쪽 어깨엔 천으로 된 흰 가방을 메었고 신고 있는 흰 케즈 운동화가 햇살에 유난히 희었다. 흰 담과 쪽대문의 푸른 색채 속에서 그런 모습은 언뜻 겹쳐 보였다.

여자는 아까의 도영처럼 개를 보고는 흠칫 놀라 선뜻 걸음을 떼지 못했다. 그러나 곧 순함을 파악했는지 눈을 떼고 마당을 둘러보다 도영이 있는 자리에 눈길을 멈췄다.

문학 행사에 오셨나요?

카페 주인이 의자에서 일어나며 여자에게 물었다.

네.

여자는 건조한 표정으로 짧게 대답했다. 햇빛에 눈이 부신지 양미간을 살짝 찌푸렸다. 주인은 카페 입구를 가리켰다.

안으로 들어가세요. 잠시 후에 시작할 겁니다.

주인의 안내에 여자는 몸을 돌려 카페로 향했다. 걸음을 뗄 때마다 뒷모습의 움직임이 늦여름 대기에 섞였다. 짧은 머리 길이로 드러난 목덜미에 푸릇한 자국이 있었다. 도영이 있는 곳에선 거리가 좀 떨어진 데다 여자가 움직여서 확실한 모양이진 않았는데 얼핏 멍 자국 같아 보였다. 그걸 보는 도영의 가슴으로 짙푸른 물이 함빡 묻어날 시린 감각이 순간적으로 훑어내렸다. 박하 잎사귀를 한가득 입에 물어서 코와 머리 전체로 퍼지는 짙은 서늘함이었다.

여자가 입은 블라우스는 차근대며 감기는 얇은 질감으로 엉덩이를 살짝 덮는 길이였다. 그 밑의 짧은 치마 사이로 드러난 맨다리의 선이 매끈하니 곧았다. 솔기를 일부러 풀어놓은 디자인의 치맛단 올이 다리에서 성긴 주렴처럼 흔들렸는데 퍼지는 햇살에 가닥 가닥의 음영을 지었다.

도영은 불현듯 여자의 다리에 그림자를 짓는 올을 젖히고 싶다는 생각이 불쑥 들었다. 그와 함께 알 길 없는 감정이 치밀며 어떤 파랑이 꿈틀댔다. 뭐지? 조금 전 여자의 목덜미에 박힌 멍 같은 자국에 가슴 시리던 감각과 꿈틀대는 이 느낌은 무엇인가… 도영은 당황해서 얼른 고개를 돌렸지만 강렬한 무언가에 속절없이 이끌리듯 이내 눈길이 여자에게로 다시 향하고 말았다.

여자의 왼발이 건물이 짓는 그늘로 막 들어섰다. 그러자 다리 하나가 그늘에 담기면서 양지쪽 마당에 드리운 그림자의 다리가 순식간에 없어져 버렸다. 우묵한 그늘과 환한 양지의 경계에 있던 여자는 찰나의 순간 명확한 형체가 되지 못했다. 무엇 하나가 가없이 사라져버렸듯 뒷모습의 그림자는 다리 하나만 존재했다. 제대로 형상화되지 않은 모호함이었다.

도영은 지금도 그때 여자에게 가졌던 감각들에 대해 잘 모르겠다. 그늘과 양지의 경계에서 보았던 뒷모습에서 왜 깊고 푸른 서늘함이 들었는지. 목덜미의 멍 같은 자국에 얼음덩이를 만진 듯 왜 시렸는지. 그리고 선연한 햇살 속에서도 흐릿한 형상화로 계속 남았는지도.

지난 늦여름의 어느 날 그렇게 여자를 만났다.

5

동향인 원룸은 아침에 잠시 비치던 햇발이 거둬진 지 한참
됐다. 난방을 못 한 실내는 싸늘했다. 도영은 컴퓨터에서 사용
할 파일을 열었으나 눈길과 손길이 제대로 집중하지 못했다.
한기에 마우스를 쥔 손의 움직임이 굼떠서 하려던 걸 그만 두
었다.

창가로 왔다. 열어놓은 쪽창을 닫고 밖을 시름겹게 내다보
았다. 거리에 퍼지는 환한 햇살에 상대적 박탈감이 일었다.
휴… 한숨이 흘러나왔다.

전화가 울렸다. 여동생이다.

"잘 지내고 있긴 한 거야?"

동생이 대뜸 묻는 말에 여러 복잡함이 담겼다. 도영은 괜히 위축되어 말소리가 말린다.

"으응… 아버지랑 잘 지내시…지?"

"우리야 뭐 그렇지…."

동생은 시큰둥이 대답하더니 어떤 말을 더할 듯 머뭇거렸다.

"음….."

"…."

침묵이 흘렀다. 불편한 도영이 먼저 말을 꺼냈다.

"너는 요즘 어때? 일은 힘들지 않아?"

"먹고 사는데 힘들지 않은 일이 어디 있겠어. 그런데 오빠… 계속 그러고 지낼 거야?"

"…."

도영은 대답하지 못했다. 일 년 여전의 선택에 굳건한 소신을 내보일 수 없다는 것 때문이었다.

"후우….."

전화기 속에서 동생의 짜증 섞인 한숨이 흘러나왔다.

"난 오빠가 이젠 그만 그 생활에서 나왔으면 좋겠어. 오빠가 바라보는 그건 이해될 수 있는 게 아니잖아. 살아간다는 건 명백한 현실인데 왜 자꾸 막연함 속에 있는 거냐고?"

"…."

"오빠, 벌써 일 년이 넘었어. 그 정도면 정리해야 하지 않을까? 별 진전이 없는 거라면 빨리 접는 것도 좋은 방법일 거 같아. 도움도 주지 못하면서 이렇게 말하는 게 그렇긴 한데 안타까워서 그래. 아버지 혼자 짐을 지는 것도 못 할 일이고. 내 딴에 돕는다고는 하지만 그게 무슨 도움이나 되냐고."

동생의 푸념 담긴 말이 서글펐다.

도영은 동생 말처럼 그래야 했다. 그런데도 식구들을 떠나와 있다. 식구들이 나눠지던 걸 나 몰라라 팽개쳤다. 뭐라 할말이 없는 도영의 난처한 눈길이 피하듯 창밖을 향했다.

바깥 풍경은 며칠 사이에 헐거움이 빠르게 깊어졌다. 나무들은 촘촘하던 이파리를 떨어뜨렸고 거리에는 스산함이 스며들었다. 길바닥은 떨어진 나뭇잎들이 퇴적으로 쌓여갔다. 그만큼이나 오가는 사람들 걸음걸이에도 초조함이 물씬 달라붙어 있다.

♣

작년 봄이 시작된 어느 날이었다.

어디서든 벚꽃이 날렸다. 바람결이라도 일면 꽃잎은 꽃비로 와르르 쏟아졌다. 퇴근길이었다. 사위에 어스름이 내렸다. 도영이 타고 있는 버스 차창 밖으로 꽃잎들이 무수한 흰점으로 팔랑대며 날았다. 어떤 것들은 차창에 달라붙었다가 버스가 움직이면 후르르 날려 가버렸다.

차창에 도영의 얼굴이 비쳤다. 흔들리는 차체의 반동으로 온전하지 못하고 흐릿했다. 버스가 고르지 못한 지면을 통과할 때는 덜컹거리는 충격에 그마저도 파편으로 흩어졌다. 불현듯 서글퍼지며 가고 있는 이 길이 맞는 건가, 방향은 제대로 가고 있는 건가 의문이 들었다. 아닌 것 같았다. 걸어야 한다고 해서 걷지만 뚜렷한 목적 없이 기계적인 걸음만 옮기고 있었다. 제 삶에 대해 무엇 하나 구체화할 수 없는 무력함마저 덧씌워졌다.

오래전부터 명확히 규정할 수 없는 어떤 갈망이 쟁여졌다. 쌓아둠은 시간이 지날수록 자주 내면을 툭툭 건드렸다. 그럴 때마다 허튼 것이라 여기며 스쳐 보냈다. 벗어날 수 없는 남루한 현실을 올무처럼 매달아야 하는 생활이었기에 지나치는 갈피마다 구겨 넣어야만 했다.

그랬음에도 몸살 같은 갈망은 빈번히 치올랐다. 일상 곳곳에서 틈새를 비집고 나와 가질 수 없어 울컥대는 설움으로 덮쳤다. 바닥을 마구 뒹굴어 형편없이 지저분하고 구겨진 옷자락을 보듯 속이 쓰렸다. 생활은 긴장 상태일 때처럼 자주 경직되었고 먼지가 잔뜩 낀 탁한 유리통에 갇힌 듯 답답했다.

더 이상 그 속에 있고 싶지 않았다. 갈망하는 것이 무엇인지 알지 못해 모호했으나 막연히 묻어두고 싶지 않았다. 속절없이 지나치는 시간을 허허로이 놓치면 안 될 것 같았다. 오래도록 짓누르던 어떤 것들에서 벗어나 정확한 보폭으로 정확한 지점을 향하고 싶었다. 그것을 확고히 끄집어내서 탁한 통 속을 벗어나 숨을 크게 내쉬고 싶었다.

그리고 어느 늦은 밤이었다. 야근을 끝내고 돌아와 잠자리에 누웠다. 고단했던 몸은 틀어놓은 텔레비전을 보고 있어도 몰려오는 졸음기를 누르지 못했다. 휴식 시간이 아까워 조금이라도 더 붙잡고 싶어 자꾸 감기려는 눈꺼풀을 치뜨며 화면을 보았다. 그러다 차가운 게 불시에 닿듯 한 장면에 눈길이 붙박였다. 한 주 간의 신간 도서를 소개하는 프로그램이었다.

프로그램은 여러 책에 관한 정보를 전달했다. 문학 특히 소설에 도영의 흥미가 강렬히 일었다. 책 내용을 말하는 진행자의 차분한 목소리가 흐트러진 정신을 곧추서게 했다. 인간의 심연으로 들어가서 존재의 내면을 파헤쳤다거나, 가라앉았던 자의식을 끌어올려 도약하게 한다거나, 삶이라는 노정 속에 수시로 들어차는 절실한 바람 등 인간이 대면하는 좌절과 깊은 갈등이며 욕망을 다룬 주제들이었다.

그걸 보고 있던 도영에게 아릿함이 훅 불어대는 바람으로 쓸고 지나갔다. 긴밀하게 연결된 것이었음에도 어느 때의 비

껴감으로 맥없이 놓쳐버렸던 무언가의 안타까움이었다. 심연, 존재의 내면, 가라앉은 자의식, 도약하는, 욕망, 좌절, 갈등이라는 말에 가슴이 뻐근했다. 그와 함께 내내 갈망했던 실체가 어쩌면 그것일지 모른다는 것과 비로소 끈을 잡은 거라는 명분으로 다가들었다.

하지만 그런 것들을 어떻게 활자로 드러낼 수 있는 걸까. 글을, 소설을 쓰는 것에 대해선 살면서 한 번도 염두에 두어본 적이 없었다. 그랬으므로 잡을 수 없는 연기처럼 막연했으나 일단 접근해보고 싶었다. 마구 헝클어진 뭉텅이에서 삐죽 나와 있는 실마리를 잡아당겨 풀어 가면, 친친 엉켰던 것들이 반듯해질 거라는 생각이 들었다. 글을, 소설을 쓰기로 작정했다. 그 결정은 앞으로 가야 할 길에서 제대로 걸음을 옮겨놓을 수 있을 거라는 성성함이었다.

갑자기 쏟아지는 비처럼 다가들었던 그날의 우연은 으레 그랬던 당연함으로 이후 도영의 내면과 생활에 굳게 자리 잡았다. 일을 쉬는 날이면 경주와 만나는 시간을 줄여가며 도서관으로 가서 책에 파묻혔다. 일을 하는 날에도 집으로 돌아와 새벽까지 도서관에서 빌려온 책을 읽었다. 책들이 펼쳐내는 세계 속에서 갈망하는 길을 걸어갈 시작점을 찾기 위해 맹렬히 두리번거렸다.

♣

봄이 이울어 가고 있었다.

어느 날 저녁밥을 먹고 난 후 도영은 아버지에게 글을 쓰고 싶다고, 소설을 쓰겠다고 선언하듯 말했다. 그래서 하는 일을 그만두고 매달려 보겠다고 했다. 당분간 글공부와 쓰는 것에 집중하고 싶으니 일 년만 집을 떠나 다른 곳에서 생활하겠다고 했다.

그 말을 하면서 사실 아버지나 동생에게 미안했다. 변두리 외곽에서 허름한 방 두 칸을 월세로 사는 어려운 형편이었다. 갚아나가야 할 집안 부채도 있는데 하고 싶은 걸 하겠다고 나이 든 아버지에게 떠안기는 게 면목 없었다.

그러나 가족이라는 이유로 도영과 상관없이 벌어진 상황에 모든 걸 갈아 넣는 희생을 더는 하고 싶지 않았다. 매번 제대로 만져보거나 써보지 못할 월급을 받으면서 허탈했고 억울했다.

아버지는 멀건 시선으로 도영을 한참 바라보다 아무 말 없이 담배를 꺼내 불을 붙였다. 담배를 다 피우고서야 이 무슨 뚱딴지같은 말인가 하는 표정으로 말했다.

뭘 하겠다고?

글을 써보고 싶다고요.

글을?

예….

왜 갑자기 그래야 하니?

정말로 원하는 걸 해 보고 싶어요.

크흠… 글을 쓴다는데 그게 대체 어떤 거냐?

아버지는 정말 몰라서 묻듯 눈을 가늘게 뜨고 도영을 빤히 쳐다보았다.

사람들 살아가는 얘기를 쓰는 거예요.

그렇게 쓰면 밥은 먹고 살 수 있니?

….

도영은 전혀 염두에 두지 못했던 아버지의 물음에 당황해서 대답하지 못했다. 어느 날 글을 쓰겠다는 걸 갑자기 생각해내선 오래도록 가졌던 신념인 듯 호기롭게 대체했지만, 본격적으로 글을 쓴다는 것에 대해선 무엇부터 어찌 하는 건지 사실 막막했다. 그동안 책으로 들어가 시작점을 애타게 두리번거려도 단서를 잡을 수 없었다. 그랬기에 확신할 수도 없고 자신할 수도 없었다. 무엇보다 먹고사는 생활문제를 충족할 대안은 더더구나 짚지 못한 채 거친 열망만 앞세웠기 때문이었다.

아버지는 쭈뼛거리는 도영의 태도에 딱해하면서 말했다.

나는 글을 쓴다는 게 뭔지 잘 모른다만 세상을 살아가면서 제 밥벌이도 못 한다면 그게 무슨 소용이냐? 네가 지금 나이나

적으냐? 결혼도 한참 늦은 판에 먹고 살아야 할 밥도 마련하지 못하는 걸 하겠다니 당최….

　이해 못하는 건 동생도 마찬가지였다. 철없는 아이의 가능성 없을 거창한 장래 희망 같은 순진한 다짐으로 뭉개며 제대로 들으려 하지 않았다. 밥상에 초라하게 얹힌 다 먹은 빈 그릇만 주섬주섬 치웠다. 그리고 도영을 보지도 않은 채 같잖다는 듯 말했다.

　차라리 실익 분야에 뛰어들어서 뭔가를 붙들고 가보겠다면 이해하고 응원할 수 있어. 근데 이건 아니잖아. 무모함을 떠나서 어이없는 거 아냐? 더구나 집 형편이 어떤지 잘 알면서?

　동생은 더 이상 거론하고 싶어 하지 않았다. 지난날 자신이 선택하고 겪었던 참담한 시간으로 더 회의적이었다. 군데군데 칠이 벗겨지고 들뜬 호마이카 재질의 낡은 밥상만 휙휙 거칠게 행주질했다. 손길에 비루한 시름이 떼어내기 힘들 무게로 달라붙어 있었다.

♣

　동생은 4년 전에 이혼하면서 어린 아들을 데리고 집으로 돌아왔다. 열렬한 연애를 했던 동생과 전남편은 그들의 사랑이 빠르게 허물어지리라는 걸 알지 못했다.

고시촌 부근에서 그를 처음 만난 동생은 당시 집안 형편이 어려워 식구들 모두 뿔뿔이 떨어져 지내고 있을 때였다. 아버지와 도영은 찜질방으로 동생은 월세를 나눠 내며 친구에게 얹혀살고 있었다. 친구도 사정은 좋지 않아서 고시촌 동네에서도 좀 떨어진 세가 싼 쪽방에 살았다. 여러 가구가 다닥다닥 붙어 벌집같이 좁은 방은 햇볕이 들지 않아 어둑했다. 그곳에서 만난 그들의 행로는 순탄하지 못했다.

그는 고시 준비생이었다. 동생을 만날 무렵엔 이미 두 번이나 실패한 후였다. 그의 가족들은 처음부터 그럴 재목일 거라는 기대치가 없기도 했고 형편도 넉넉하지 않아 어떤 지원도 없었다. 그런데도 계속 달라붙는 건 오기도 뚝심도 아니었다. 특별하게 분류되는 계층으로 향하는 길목에 발을 걸쳤다는 걸 보이기 위한 허영이었다. 저 새끼 여전히 정신 못 차리네. 주제에 고시는 무슨 얼어 죽을 폼이야. 착실히 다른 직장 찾아 살 궁리 하지 않고 허파에 바람만 들어서. 정신 빠진 놈! 그런 말들이 그를 향한 주변의 야유였다.

동생은 결혼식도 올리지 않고 함께 살기부터 하겠다고 밀어붙였다. 잔뜩 기울어진 집에서 한시라도 벗어나고 싶은 절실함이었다. 안정된 주거지 없이 떠도는 것에 신물이 났고 벌어들이는 수입 대부분이 집안의 빚 갚음에 들어가는 것도 지겨웠다. 또래 친구들처럼 자신을 위해 쓰고 저축도 하고 싶었다.

도영은 그런 동생이 충분히 이해됐고 안쓰러웠다. 그래서 결혼하겠다는 그를 만나보았으나 영 꺼려졌다. 성실한 건 고사하고 붕 뜬 허세가 심했다. 동생에게 좀 더 신중히 생각해보는 게 좋겠다고 했지만 귀담아듣지 않았다. 아버지도 말리지 못했다. 결국 동생은 변두리 지하 방에서 동거부터 하며 그를 뒷바라지했다. 종일 미용제품 판매점에서 다리가 붓도록 일하면서 생활비와 그에게 소요되는 경비를 책임졌다.

그는 2년을 더 했으나 성과가 없자 고시 준비를 그만두었다. 그 후에도 1년간을 빈둥대면서 노골적으로 동생을 타박하며 무시했다. 남들은 처가 덕에 창창한 앞날을 보장받는데 그런 환경을 만들어주지 못하는 걸 수시로 트집 잡았다. 처가에서 밀어주었더라면 벌써 고시에 합격해서 연수원에 있을 거라는 흰소리를 떠들었다.

그는 다음 해에 변호사 사무실에 사무장으로 취직됐다. 동생이 임신하고 배가 불러 일하기 힘들어지자 어쩔 수 없는 선택이었다. 수완이 있었는지 아니면 몇 년간 법을 공부했던 이력을 잘 활용했는지 어쨌든 잘된 일이었다. 누구보다 아버지가 좋아했다. 사위가 취직했으니 딸이 고생하지 않아도 되는 것에 한결 마음을 놓았다.

하지만 도영이 그를 처음 보았을 때 우려했던 허세는 틀리지 않았다. 그는 일자리를 얻은 후에는 30평대 아파트를 덜컥 월세로 얻었고 중형 승용차도 할부로 사들였다. 축구, 야구동호회와 여러 모임에도 발을 걸쳤다. 어울리는 사람들에게 변호사 사무실에 근무하는 걸 내세워 음성적으로 법률 자문까지 해 주었다. 그중에는 명색이 개인 사업자인 여자들도 여럿 있었다. 그들은 일수 사채업부터 시작해서 부동산을 지니며 현금을 굴렸다.

그는 결혼생활을 유지하는 동안 출처가 명확하지 않은 돈을 자주 마련했다. 일반적인 그 연배의 형편으로는 과하다 싶은 평수 넓은 집을 월세로 자주 옮겼고 고급 승용차를 수시로 바꿔서 끌고 다녔다. 넉넉한 형편의 사람들과 어울려 함께 골프를 치러 다니며 고급 술집을 드나들었고 사들이는 물건은 수입에 비해 지나치게 많았다.

더구나 사무실에서 함께 근무하던 미혼의 여직원과는 부적절한 관계까지 맺고 있었다. 외도 사실이 드러나자 그는 동생에게 이혼을 요구했다. 동생이 합의하지 않자 잦은 외박을 했고 집에서도 상간녀와 거리낌 없이 통화를 하며 애정 행각을 했다. 그 때문에 동생과 싸움이 잦았고 동생은 폭행도 당했다. 상간녀는 대놓고 집을 찾아오거나 전화로 헤어지라고 당당히 요구했다. 동생은 수모를 당하면서도 자식 때문에 버텼으나 이혼할 수밖에 없는 결정적인 일이 벌어졌다.

그는 어울리던 사채업자인 여자들의 돈을 사기 쳐서 착복했다. 사는 아파트에서 주민대표 자치협의회 회장도 맡고 있었는데 공금을 횡령한 사실도 밝혀졌다. 연체된 카드빚이며 여기저기 끌어 쓴 사채는 감당할 수 없을 만큼 부풀어있었다. 자동차나 골프채, 살림 집기들 등 돈이 될 만한 건 채권자들에게 차압 당했다. 집이라야 어차피 월세였기에 셈할 것도 없었다. 그는 현재 여러 사람에게 고발되면서 수감 된 상태다. 그의 부모는 일이 터지자 아들의 부도덕한 짓거리에 염증을 내며 아예 외면했다.

자식의 양육은 온전히 동생 몫이었다. 동생은 마트에서 계산원으로 시간제 근무를 했다. 정직원이 아니어서 언제라도 그만두어야 하는 불안한 처지기에 기술이 있으면 살아가는 데 훨씬 유용할 거라 여겼다. 마트 일이 끝난 밤에는 미용사 자격증을 따려고 미용학원에 다녔다. 생활은 송곳 하나 들어갈 틈 없이 빡빡했다. 극심한 피로를 달고 살았고 집에 돌아오면 까부라졌다.

지금은 미용사 자격증을 취득한 뒤 동네 미장원의 보조미용사로 취직했다. 그곳도 고용된 처지는 매한가지여서 근무 환경이나 수입은 시원치 않았다. 저녁 늦게까지 매여야 하기에 아이를 돌보는 시간도 빠듯했다. 그래도 희망을 안고 열심히 하고 있다. 곧 미용 경력이 늘고 단골도 생기면 수입도 나아질 테고, 돈을 모아 작게라도 미용실을 열고 싶은 소망이 있기 때문이다.

♣

　도영이 아버지에게 글을 쓰고 싶다고 말한 후 여름이 됐다. 그간 아버지는 도영이 했던 말을 아예 들은 적 없듯 무심했었다. 어느 날 일을 끝내고 집으로 돌아왔을 때 아버지가 도영을 마주 앉히고 물었다.

　아직도 생각에 변함이 없는 게냐?

　예.

　꼭 그렇게 하고 싶니?

　예.

　알겠다. 네가 하려는 일이 도무지 마땅치 않다만 그토록 하고 싶다는데 어쩌냐. 일 년 동안이라고 했으니 일단 해 보거라.

　아버지는 이어 풀죽은 목소리로 덧붙였다. 부모로서 무능하다고 여기는 얼굴에 깊은 시름이 담겨있었다.

　네가 어렸을 때 글을 곧잘 써서 상을 받아오기도 했지. 어려운 형편이라 대학도 가고 싶어 한 걸 주저앉혔는데… 그동안 집안 궂은일을 마다하지 않은 고마움은 내 잊지 않으마. 그리고 얼마간이라도 보태고 싶다만 알다시피 형편이 뻔해서…. 그러니 네가 먹고 사는 건 알아서 하거라.

아버지에게서 미안함과 안쓰러움이 번져 나왔다. 자식이 하고 싶다는 일에 대해 제대로 알지 못하는 것도 그렇고 그 일의 불투명한 앞날에 대한 불안도 무거운 추로 매달려 있었다. 도영도 집안 형편이 걸리지 않는 건 아니었다. 그간 함께 나눠지었어도 허덕였는데 자신마저 빠지면 더욱 버거울 일이었다.

하지만 가고 싶은 길을 향해 드디어 발을 뗄 수 있다는 기대의 벅참이 앞설 수밖에 없었다. 부모 형제라는 가족으로 어쩔 수 없이 연결된 그들과 떨어진 곳으로 빨리 떠나고 싶은 바람이 더 컸다. 지금까지 누려보지 못했던 자신만의 공간에서 자신만의 시간을 절실히 갖고 싶었다. 생활을 꾸려가는 건 다음 문제였다.

그 무렵 친구 A가 정안시에 대해 말하는 걸 듣게 되면서 무작정 목적지로 정했다. 서둘러 일하던 곳을 그만두었다. 통장에는 그간 허리띠를 졸라가며 푼푼이 모아놓은 돈이 조금 있었다. 원룸 보증금을 마련하면 될 금액이었다. 보증금을 내고 나자 통장의 돈은 거의 바닥나버렸다.

도영은 정안으로 오는 버스 안에서 큰 숨을 내쉬었다. 집이 멀어질수록 오래도록 짓누르던 족쇄에서 벗어난다는 후련함이었다.

6

얼마 후면 신춘공모가 시작된다. 도영의 역량으로는 아직 해당이 안 된다고 여기면서도 시기가 가까워지니 평소 지녔던 막연한 동경은 응모해야 할 것 같은 조급함을 갖게 한다. 써놓은 단편 분량인 몇 편의 글이 있긴 하나 턱없는 실력이라는 걸 안다. 스스로 소설이려니 여길 뿐이다.

정안으로 온 초기에는 신춘 공모 정보를 다루는 카페에 가입하고 문학 관련한 블로그에도 수시로 들어가 문학상 공모 정보를 열심히 알아보았다. 소설을 쓰려면 많은 소설 작품을 접해야 할 것 같아 지역 내 도서관의 독서회도 가입하려고 사이트를 살폈더니 문학만 다루는 독서회는 없었다.

도서관에서 무료로 운영하는 소설창작 강좌를 나가보았다. 일주일에 1회씩 3개월 과정의 수강 기간을 마쳤어도 강사가 전달한 작법은 도영에게 제대로 형상화되지 않았다. 전혀 알지 못했을 때는 쓸 수 있을 거라는 단순한 열정이라도 있었으나 막상 작법체계 흐름을 대략 접하자 오히려 한층 복잡하고 어려워져 뭘 어떻게 시작할지 몰랐다. 머릿속으론 어찌 쓸 수 있을 것 같은데도 모니터 앞에 앉으면 백지상태가 되면서 쓴다는 자체가 거대한 벽으로 막아섰다.

도서관에서 빌려본 창작이론서에 기댄 독학도 갈피를 명확히 잡지 못하는 건 마찬가지였다. 저자가 드러낸 이론은 잘 이해되지 않고 모호해서 핵심을 잡지 못한 활자의 나열이기만 할 때가 많았다. 자칭 소설가라는 유튜버가 운영하는 소설 창작 유튜브도 보았으나 허공에 뜬 달처럼 가닥을 짚지 못했다. 그마저도 두어 번 접하곤 썩 와닿지 않아 그만두었다.

그 후엔 들입다 쓰기만 했다. 한번 평가나 받아보자 해서 써놓은 걸 몇 군데 응모했으나 아예 거론조차 되지 않고 번번이 탈락이었다. 당연했다. 될 리 없었다. 그래도 또 도전하고 싶어 글의 완성도가 있는지 어떤지도 모르면서 써놓은 문장들을 계속 살폈다. 나중엔 반복되는 같은 내용과 무수한 글자에 눈이 어릿거렸다. 도영이 글을 보는지 글이 도영을 보는지 모를 정도로 글자들이 의미 없이 범람했다.

가외 수입을 마련하려고 잡다한 생활문예 공모에 자주 응모했다. 그것도 쉬운 일은 아니었다. 등단은 하지 않으면서 실력 있는 전문적인 상금 사냥꾼들이 포진하고 있어 쉽지 않았다. 어쨌건 소소한 금액이지만 여러번 받은 상금으로 생활에 도움이 되긴 했다. 비록 소설은 아니지만 글 쓰는 걸로 상을 받았다는 알량한 인정을 스스로에게나마 세우고 싶은 이유도 있었다. 그렇게라도 해야 불확실한 선택에 일말의 명분이라도 만들 수 있었다.

하지만 그런 곳에 치중하다 보면 정작 쓰고자 하는 소설은 한 편으로 미뤄졌다. 시작의 명분이 소 뒷걸음치다 글 쓰는 걸로 얻어걸렸듯, 처음엔 단순하게도 창작 공부에 매진한다면 길지 않은 기간 내에 어떤 성과가 발현될 줄 알았다. 아니었다. 시간이 지날수록 한계에 부딪히며 자신을 맹렬히 의심할 때가 많았다. 당찬 글을 쓰겠다던 호기로움은 슬그머니 꼬리를 내리고 좌절을 우물거렸다.

그 맥 빠짐은 기성작가들의 작품성 있는 글을 접하고 나면 더했다. 처음엔 글의 세계 속 생생한 인물들에 깊이 이입되면서 인물들이 겪는 사건과 상황에 감정이 실려 함께 불운하거나 충만했다. 소설의 흐름이 요구하는 요소요소가 긴밀한 유기로 자연스럽게 연결되어 현실의 실사판으로 다가들었다. 그러나 현실로 나오면 전의를 상실한 패잔병이 되었다. 죽었다 깨도 그런 글을 쓸 수 없다는 자괴감이었다.

♣

도영은 요즘 새로 만든 문서 파일을 열었다. 어제 쓰다만 내용에 이어 다른 문장을 더했다.

그녀의 목소리가 다가들었다. 모호하면서 건조하게 또는 습한 미끌거림의 은유로….

여자를 만난 후부터, 정확히 말하면 여자와 전화 통화를 하게 되면서 새로운 글을 쓰기 시작했다. 온전한 문학 형식을 제대로 갖추며 완성도를 정립시키는지는 잘 모르겠다. 여자의 말을 들을 때면 정서가 깊이 동하는 어떤 글을 읽을 때처럼 충동의 감각이 반응했기 때문이다. 활자화하고 싶은 갈망이 커지면서 잘 쓸 수 있을 것 같은 격동이 일며 빠져들었다.

그러나 쉽지 않았다. 의욕과 달리 몇 문장 이어 가다 보면 그다음 부연할 문장이 쉽게 떠오르지 않았다. 어떤 계기가 되면 쉽게 풀려야 하는데 그렇지 못했다. 맞춤할 문장이 있을 텐데 간질대며 잡혀 나오지 않아서 머리를 쥐어뜯듯 잡기도 했다.

그럴 때마다 적합한 문장을 콕 집어낼 핀셋 같은 게 있으면 좋겠다는 웃기는 생각마저 들만치 답답했다.

도영은 소설을 쓸 때마다 절실히 드는 생각이 있다. 소설은 절대 주절대는 개인의 넋두리 같은 단순한 나열이 아니라는 거다. 문장 하나하나를 적절하게 연결해 유기적 문단을 만들고, 무얼 말하려는지 주제를 드러내면서 합당한 등장인물의 성격 발현과 이야기를 펼칠 적절한 배경을 배치하고, 어떤 에피소드와 사건을 어느 부분부분에 집어넣어야 하는지, 전체 구성 요소가 진부하거나 뻔하지 않게 변별성 있는 구조를 갖도록 하고….

그런 복잡하고 냉철한 두뇌게임 같은 작법 도식들 앞에선 그러지 못한 역량이 환기되면서 골치가 아팠다. 소설을 쓰는 과정이 만만하지 않다는 것에 잦은 낙망을 걸치며 나, 소설 한번 써볼 거야, 라는 상투적 객기나 막연한 희망 사항은 의미 없다는 걸 절감할 뿐이었다.

그나저나 여자는 여전히 기척이 없다. 왜일까, 신경 쓰였다. 전화를 먼저 해 볼까…. 눈길이 몇 번 전화기에 닿았지만 실행하지 못했다. 어쩐지 여자는 도영의 존재 같은 건 크게 생각하고 있지 않은데 본인만 괜한 의미를 부여한다는 무안함이었다. 여자는 지금까지 몇 번의 통화를 하면서도 자신의 이름을 알려주지 않았고 도영의 이름도 묻지 않았다.

여자와 사용하는 카톡방에 콜 이모티콘을 보냈다. 여자는 한참이 지나도 확인하지 않고 있다. 도영은 창밖을 내다보며 중얼거렸다.

여자는 뭘 하고 있을까.

♣

"야, 뭐 하냐?"

"뭐… 그럭저럭 지내지."

"새끼, 연락 좀 하고 살자. 코빼기는 고사하고 어떻게 전화 한번을 안 하냐?"

"그렇게 됐어."

"아버지랑 잘 계시지?"

"응."

"그나저나 너 뭐 글 쓴다며?"

"으응….."

"얼마 전에 A한테 전해 듣고 좀 놀랐다. 근데 갑자기 뭔 글이냐? 난 그 분야에 무식해서 잘 모르겠다만 글 아무나 쓸 수 있는 거냐? 더구나 소설이라며?"

전화를 걸어 온 친구 B는 고등학교 동창이다. 예전에 그의 형이 하는 업체에서 같이 일하다 사업체가 정리된 후부턴 서로 뜸해졌다.

"근데 그런 건 뽀대나게 대학에서 문학전공인 뭐 그런 학과를 나와야 하는 거 아니냐? 체계적인 공부도 하지 않은 네가 소설을 쓴다니까 그렇긴 하더라. 하긴 너 학교 다닐 때 교내백일장 나가서 상도 받은 적 있었지? 그렇지만 소설은 그런 글들과는 차원이 다르지 않냐?"

B의 말속에 은근슬쩍 깎아내리고 싶은 심사가 들어있다. 그 바탕엔 하층 바닥에서 막일이나 하던 네까짓 게 언감생심 무슨 글이냐, 정신 차려 이놈아 라는 비하가 다분했다.

"A 말로는 들어앉아 글만 쓴다는데 먹고 사는 건 어떻게 해결하냐? 너희 집 형편이야 뻔한 건데… 너 그러고 지내라고 돈을 보태주지는 못할 테고. 야, 어디서 로또라도 맞았냐?"

"…."

건들거리는 B의 말은 비아냥으로 들렸다. 그러지 않아도 동생과의 통화로 마음이 편치 않던 도영은 모멸감이 느껴져 대답하지 않았다.

"야, 시퍼렇게 젊은 놈이 허구한 날 좁은 방구석에 처박혀 있으면 답답하지 않냐? 나는 억만금 준대도 그렇게 살라면 속 터져 죽었을 거다."

도영은 나오는 대로 던지는 B의 말에 짜증이 났다. 더 듣고 싶지 않아 다른 화제로 돌렸다.

"제수씨랑 애도 다 잘 있지?"

"그럼, 내 마누라야 점점 기가 살아서 날 아주 타고 올라앉아 있다. 이젠 지가 상전이고 난 노예다. 돈이나 벌어다 주고 시키는 대로 고분고분 말 잘 들으면 밥은 먹여 주고 잠은 재워 주니까. 크크."

"잘해. 술 적당히 마시고."

"야, 조만간 술 한잔하자."

"그래."

"근데 넌 언제까지 거기 있을 거냐?"

"글쎄…"

"네가 부럽다. 살벌한 경쟁판에 신선놀음으로 팔자 편한 거 같아서. 뽕빠지게 처자식 먹여 살리느라 이리 뛰고 저리 뛸 일이 있나, 너 한 몸 챙기면 그만일 텐데. 아무나 그렇게 살기는 쉽지 않을 것 같다야. 그리고…."

도영은 통화를 빨리 끝내고 싶다. 곧 일하러 갈 시간도 됐고 더 이상 말을 섞고 싶지 않아 핑계를 대며 B의 말을 잘랐다.

"지금 아버지한테 전화 온다. 나중에 또 연락하자."

서둘러 전화기의 꺼짐 버튼을 눌렀다. 안 하느니만 못한 걸 했을 때처럼 씁쓸했다.

7

일을 마치고 돌아온 도영은 현관문을 열기 전 복도에서 걸쳤던 점퍼를 벗어 몇 번이고 세게 털어냈다. 집으로 들어와선 안에 입었던 옷들도 죄다 벗었다. 몸을 움직일 때마다 고깃집에서 배었던 냄새가 꿀럭댔다. 벗은 옷들을 재빨리 세탁기에 넣고 샤워했다.

욕실에서 막 나오는데 그토록 기다리던 여자의 전화가 걸려 왔다. 도영은 너무 반가워서 소리를 지를 뻔했다. 낮 동안의 복잡하거나 불쾌했던 감정들로 들끓던 심정이 언제 그랬던가 싶게 안정됐다.

"보낸 카톡을 늦게야 보았어요. 무슨 일이 있나요?"

묻는 여자의 목소리가 가라앉아 있었다.

"아… 아니요. 일이 있는 건 아니고… 문득 궁금해서요."

도영은 변명하고 보니 쓸데없는 짓을 한 미안함이 들었다. 더구나 여자의 목소리가 가라앉은 게 혹시 자신의 연락 때문인가 싶어 민망했다. 그러나 여자의 반응은 별 상관없다는 듯 그랬군요, 라며 덤덤했다. 그리고 말을 이었다.

♣

오늘 속초에 다녀왔어요. 일 년에 두세 번은 가는데 누군가들을 만나야 했어요. 그들은 깊은 산에서 발원한 물이 흐르는 개울과 많은 나무가 있는 어느 숲의 바람과 비로, 햇살과 공기로 머물고 있어요.

영서와 영동의 경계구역인 인제터널을 빠져나왔을 땐 가와바타 야스나리의 『설국』이 떠올랐어요. 글 속 인물이 국경의 긴 터널을 막 빠져나오는데 처음 맞닥뜨린 게 온통 흰 눈이에요. 그 때문에 밤의 밑바닥이 환해졌다는 책의 첫 문단이, 터널을 빠져나온 당시 내 상황에 맞춤하게 다가들었어요.

그처럼 현실의 터널 밖은 어찌나 환하던지요. 노란 햇살을 거대한 바구니에 담아 바로 눈앞에서 흩뿌리듯 강렬한 빛에 눈이 부셨어요. 순간 앞을 볼 수 없어 당황했고 그만 오른발이 브레이크 페달을 세게 밟고 말았어요. 그 바람에 차체의 격한 반동으로 몸이 흔들렸고 바퀴가 노면과 거칠게 마찰하면서 식은 땀이 났어요. 다행히 차량 왕래가 뜸한 곳이라 뒤따라오는 차는 없었어요.

그때의 느낌은 뭐랄까요. 갑자기 맞닥뜨린 햇살로 화이트아웃 속으로 빨려들거나 타임슬립으로 다른 세계에 무작정 들어와 버린 것 같았어요. 터널을 들어서기 전까지의 지역에선 잿빛 구름이 낮게 드리워서 사위가 무척 흐렸었거든요. 그러니 극명한 경계의 현상을 동시에 맞닥뜨린 건 예기치 않은 혼돈일 수 있죠.

터널을 빠져나와 바라보는 위치에 따라 달리 보이는 울산바위가 둘러친 미시령으로 접어들었어요. 네비게이션에선 가파른 내리막길이니 시속 60킬로를 초과하지 말라는 안내 말과 띵띵대는 기계 경고음이 차 안을 휘돌았어요. 내리막의 관성대로라면 속도는 100킬로를 훌쩍 넘어도 무방했으나 본능적으로 조심하게 되죠. 가파르고 굽이진 고갯길을 팔에 잔뜩 힘을 주어 핸들을 잡고 연신 브레이크를 밟으며 조심조심 내려가게 되더군요.

톨게이트를 지나 도시가 시작되는 지점으로 들어선 순간부터 가슴이 설레기 시작했어요. 드디어 그들이 있는 곳에 왔다는 충일감이었어요. 봄날 환한 햇살 속을 반짝이며 흩날리는 벚꽃 무리를 본 적 있겠죠? 그걸 가슴 한가득 껴안는 거라면 그럴 거예요. 그들에게 갈 때면 늘 그런 마음이었어요. 가서 본들 무심한 바람결과 햇살이나 대기를 흐르는 숲의 냄새일 뿐인 데도요.

두 계절 만에 다시 찾은 그곳은 고요했어요. 숲 앞의 도로를 지나다니는 차량 바퀴가 내는 파찰음만 들릴 뿐, 여름내 성성했던 기운을 내려놓은 늦가을의 숲속은 비어있으면서 아늑했어요. 공중을 올려다보니 사방의 키 큰 나무들이 쭉 뻗어 올린 우듬지가 원형을 그리며 맞대고 있었어요. 그 사이로 비치는 둥그런 하늘이 공중에 뜬 우물처럼 보였고요.

그들이 아주 좋아했던 한 작가의 책을 숲 바닥에 내려놓았어요. 얼마 전에 출간된 직접 사인이 든 책이었어요. 책의 속지에 박힌 그들의 이름이 나무들 사이로 비쳐 든 햇살에 필터링한 듯 부옇게 흔들렸어요.

그걸 보며 마음이 우련해서 다른 곳을 향하는 눈길에 우람하게 키 큰 나무들 사이로 어린 굴참나무 한 그루가 잡혔어요. 지난봄에 왔을 땐 없었는데 자연적으로 씨가 떨어져 자랐나 봐요. 다른 나무들은 대부분 잎이 떨어졌는데 그 나무만 푸른 이파리가 여전한 게 신기했어요. 모든 게 무채색인 사위에서 푸른 색채는 비현실로 도드라졌거든요.

그런데 이상한 일이 생겼어요. 그들에게 책 속의 문장을 들려주기 위해 책을 펼 때 바람결도 없는데 어린나무 이파리가 갑자기 흔들리는 거예요. 잘못 봤나 싶어 주변을 둘러보았지만 많은 나무속에서 그 나무만 흔들리는 거예요. 현실적이지 못한 그 현상이 의아하면서도 거기에 어떤 간절함을 부여하고 싶다는 갈망이 울컥 들었어요. 그들이 옆에 있다는 걸 알리려고 보내는 신호일지 모른다고 말이죠. 말이 안 되는 줄 알지만 그렇게라도 믿고 싶었어요.

예기치 않은 현상에 훈기 차오르는 가슴을 지그시 누르며 나뭇잎들이 깔린 바닥에 앉았어요. 그들에게 책의 첫 문장인 '은형이 왔다. 가을로 접어든 숲에…'를 가만히 읽어주는데, 어쩔 수 없는 먹먹함이 가슴에 들어차더군요. 한숨의 공기도 통과할 수 없게 옥죄던 시간이 지울 길 없는 낙인으로 떠올랐고 그 속에 널브러졌던 한 사람의 궤적이 어른거려서요.

오래전, 목련이 환하게 피어나던 사월의 그늘을 기진한 그림자로 홀로 걸어가던. 화사한 벚꽃 길을 달리던 버스 뒷자리에서 가혹한 상실감에 서러움을 쏟아내던. 살을 에는 추위를 맞으며 한 이름을 목 놓아 부르던. 매일매일을 불 꺼진 어두운 방에서 하염없이 누군가를 기다리던. 잠이 깨면 해일처럼 덮치는 그리움에 창자를 끌어올리는 속울음을 토해내던. 바닥을 알 길 없는 참혹한 그 울음마저 깊게 숨겨야 했던 날들이.

그랬던 그때의 상흔이 여전히 한 사람의 내면에 박제되어 웅크리고 있는 걸 그들은 알고 있을지…. 현실적으론 당연히 알지 못할 테지만… 그래도… 알 거라는 헛되나 희미한 위안을 얹어 보고 싶었어요.

한참을 숲속에 머물다 보니 어느새 햇발이 이울기 시작했어요. 겨울을 가까이 두고 있는 시기라 해가 저문다 싶으면 금세 어둑해지니 아쉬워도 떠나야 했죠. 서로가 다른 시공간이 있는 거니까요.

숲을 벗어나 해발 826미터의 준령을 넘으면서 아쉬움에 앞뒤 차창을 다 열었어요. 높은 고도에 불어대는 세찬 바람이 차 안으로 쏟아져 들어와도 닫을 수 없었어요. 배웅할 그들이 조금이라도 더 볼 수 있게 하고 싶어서요. 그랬어도 경계의 한계를 어쩌지 못해 준령이 끝나는 곳의 터널을 들어서며 할 수 없이 차창을 닫아야 했어요.

그럴 때면 경계선의 블랙홀로 빨려들 것 같은 그 순간, 매번 그랬듯 가슴에 무거운 돌을 얹어야만 했어요. 또 그들을 두고 떠나는구나…. 막막히 이어지는 터널 속에서 굳게굳게 부여잡았던 가슴은 또 무너지고 말았어요.

나는 다시 사는 곳으로 돌아왔어요. 내년 봄쯤이나 그들을 또 볼 수 있겠죠. 그동안 현실의 시간에 있는 한 사람의 일상은 무연히 지나가겠죠. 가끔 그들이 있는 곳의 바람과 햇살과 흐르는 공기를 먼 곳의 노래로 궁굴리면서요. 어느 땐 오래도록 제대로 울어내지 못해, 응어리진 울음 농양 한 자락 슬며시 뜯어내어 울음 강에 풀어놓기도 할 테고요.

♣

여자는 평소와 다르게 긴 얘기를 했다.

어딘가의 숲을 다녀왔다는 말은 가열된 비등점을 잔뜩 품고 있었다. 그건 언제라도 휙 불어 날릴 수 있는 포자가 되어 웅크린 것 같았다. 중간중간 말을 멈추고 가만히 숨을 내쉴 때면 얼핏 전화기의 치직거리는 불량 상태로 여겨질 만큼 강팔랐고, 먼지 자욱하게 이는 바람 부는 거리에서 허한 눈길로 먼 어딘가를 바라보는 듯했다.

도영은 여자의 말을 들으면서 군데군데 의문이 들었지만 묻지는 않았다. 그래야 할 것 같았다. 대신 전혀 궁금하지 않은 걸 궁금해서 못 견디겠다는 듯 일부러 물었다.

"그곳까진 시간이 얼마나 걸리죠?"

"급할 거 없이 달리면 두 시간 반쯤 걸릴 거예요."

"와, 그럼 오늘 왕복 다섯 시간을 운전했겠네요? 피곤하겠는데요."

"네, 그러네요. 쉬어야겠어요."

여자의 목소리는 지쳐있었다. 곧 종료 버튼 누르는 소리가 띡, 들렸다. 조금 전까지 도영의 공간을 휘돌던 여자의 말들은 사라지고 적막이 들어찼다. 떠나는, 흩날리는, 봄날, 마음, 서러움… 니은과 미음의 비음 섞인 여자의 독특한 발성만 막막한 울림으로 도드라졌다. 도영의 코와 머릿속도 그처럼 찰나의 간질임 같은 공명이 차올랐다.

♣

도영은 컴퓨터를 켜서 쓰고 있는 파일을 열었다. 여자의 말을 듣는 동안 떠올랐던 문장을 되새김하며 입력했다.

그녀의 목소리가 가라앉았다. 무엇 때문일까. 어느 숲을 다녀왔다는데 갈래를 잡을 수 없는 기류가 섞여 있었다…

처음 여자를 보았던 날의 뒷모습이 생각났다. 그늘과 양지의 경계에서 다리에 드리우던 음영이었다. 도영의 상상 속 눈길과 손길이 그날 접했던 여자의 다리를 가만한 응시로 쓸었다. 날렵한 발목을 손안에 쥐자 가는 발목뼈가 손바닥을 간질였다. 매끈한 종아리에 손가락 하나를 살짝 대자 탱글한 육질 감이 흘렀다. 손가락을 조금 더 위로 올려 무릎 위 허벅지에 대자 균일한 탄력 입자들이 저릿했다.

그 속을 덮치듯 새되게 파고드는 전화 소리가 울렸다. 경주였다. 멈칫, 도영의 상상 속 눈길과 손길은 급히 물러섰다. 허둥대며 전화기를 열었다.

"뭐가 그렇게 바쁜 거야? 문자를 보내도 계속 확인도 안 하고!"

경주는 다짜고짜 불퉁거렸다. 말속에 엉뚱하게 글을 쓴답시고 제대로 돈벌이도 안 하고 들어앉아 있으면서, 라는 속내가 스며있다. 경주를 비롯해 주변에선 글을 쓴다는 걸 판판히 놀고먹는 한량의 잡기로만 여겼다. 누군가의 간절한 걸음이 효용가치 없는 무용함으로 여겨진다는 게 도영은 서글펐다.

"뭐 하고 있어?"

"컴퓨터 앞에 있어."

"글은 잘 써져?"

지금까지 글 쓰는 것에 대해 직접 물어본 적 없던 경주가 갑자기 던지는 물음에 당황한 도영의 손이 애먼 마우스의 스크롤바를 이리저리 움직였다. 불시에 숙제 검사를 받는 기분이 들면서 합당한 자료를 제시해야만 할 것 같다.

"아 뭐, 그냥…."

수업 시간에 딴짓하다 걸렸을 때의 민망함이 들어서 도영은 말이 얼버무려졌다. 조금 전 여자를 향했던 상상 속 아쉬운 여운의 어정쩡한 사이를 경주의 말이 다시 쑥 들어섰다.

"주말에 갈 건데 뭐 필요한 거 있어?"

"없어."

"알겠어."

통화는 간단했다. 언제부턴가 둘 간의 대화 속에는 알맹이 없는 빈 쭉정이만 들어있다.

8

꿈속이었다. 누군가의 뒷모습이 손 뻗어 닿을 듯 선명하다
가 가려지는 걸 반복했다. 그 속을 익숙한 소리가 파고들었다.
전화 소리였다. 도영은 잠이 덜 깬 손을 휘저어 머리맡에 둔 전
화기를 잡았다. 눈을 제대로 뜨지 못하고 누구인지 확인도 하
지 않은 채 전화기를 열며 웅얼거렸다.

"여… 여보세….""

"아… 어쩌죠, 자고 있었나 봐요. 미안해요. 잠을 깨운 거 같
은데….""

여자였다. 도영은 놀라서 벌떡 일어났다. 정신이 번쩍 들
었다.

"아… 아니, 아니… 괜찮아요… 괜찮아요."

도영은 여자가 전화를 끊어버릴까 봐 다급해서 말까지 더듬었다. 전화기 화면에 뜬 시각은 오전 10시를 넘어서고 있었다.

여자가 이 시각에 전화했다는 사실이 꿈만 같다. 도영은 여자가 눈앞에 있듯 황급히 거울을 보며 눈곱을 떼어냈고 자느라 뻗친 머리칼도 급하게 다듬었다. 어젯밤 통화를 오래 한 것만도 좋았는데 생각지 못한 연이은 전화에 분에 넘치는 걸 받은 것 마냥 벅찼다.

여자의 전화를 받을 때면 늘 그런 마음이었다.

♣

어제는 꿈에 사레가 들렸는지 정말이었는지 터져 나오는 기침에 그만 잠이 깨고 말았어요. 시계를 보니 새벽 3시였어요. 난감했어요. 어정쩡한 시간에 잠이 깨면 어쩌란 말인가, 투덜댔지만 어쩌겠어요. 이미 깼는데.

잠은 다시 올 것 같지 않아 거실로 나왔어요. 자는 동안 비어 있던 공간에는 그간 머문 어둠이 선연했어요. 그 선연함에 바깥의 가로등이나 주변 건물에서 퍼져 나오는 빛이 비쳐 들어 농도를 묽게 하더군요.

새벽에 잠이 깰 때가 가끔 있어요. 그럴 때면 불을 켜지 않고 어둠 속에 가만히 있곤 해요. 어느 것도 제 존재를 튀도록 드러내지 않는 속에 동화되고 싶어서요. 그 안에 있으면 날 서 있거나 각이 지도록 예민했던 것들이 무화 되곤 해요.

정면을 가만히 바라보았어요. 무얼 보자는 게 아니었어요. 둘러싼 새벽의 차분한 기류를 느끼고 싶었던 거죠. 그럴 때의 나는 어떤 소리도 들리지 않을 태곳적 심해의 잔잔한 파랑 속을 평온히 흐르는 것 같거든요.

얼마를 그렇게 있다가 무음으로 둔 휴대전화기를 열었어요. 지인과 일 관계에 있는 사람들이 자는 동안 걸어온 부재중 전화와 문자가 여러 개 있었어요.

일은 잘 진행되고 있어요?

자나 보다. 내일 전화할게.

요즘 잘 지내요?

미팅은 아직 장소 미정. 결정되면 연락드릴게요.

메일로 자료 보냈습니다.

언제 오는 거야?

전화기 속 물음에 일일이 답하고 따뜻한 물 한잔을 들고 거실 창 앞으로 왔어요. 가로등 불빛이 퍼지는 새벽의 빈 도로를 내다보며 천천히 물을 마셨어요. 따스한 온도의 물이 목을 타고 내려가자 가슴 속으로 화한 온기가 퍼졌어요.

그리고 책상으로 왔어요. 스탠드 등을 켜고 노트북을 열어 메일 확인을 하고 포털 사이트에 뜬 뉴스를 검색했어요. 익명의 공간에는 수많은 개별의 말들이 넘쳐나더군요. 말들은 선명하거나 흐리게 나름의 무게를 담아 세상에 스며들 테죠.

새벽의 고요함 속에서 요즘 다시 읽고 있는 신영복의 『담론談論』을 펼쳤어요. 책도 사람과 마찬가지로 자기의 길을 갈 수밖에 없다거나 모든 텍스트는 언제나 다시 읽히는 것이 옳다는 내용에 매번 눈길과 마음이 머물러요.

그처럼 다시 읽혀야 하는 게 비단 문장 기호로 표출한 텍스트뿐일까요. 사람이라는 각기 다른 개체가 지니거나 발산하는 수많은 담론도 해당되겠죠. 살면서 스쳐 갔거나 스쳐 보냈던 관계들도 결국은 삶의 무수한 담론일 테고, 현재진행형인 관계들 또한 어떤 형태의 고유한 담론을 생성해낼 테지요.

그 속에서 형성되는 각자마다의 정체성을 생각해요. 한 사람의 정체성은 그가 만난 사람들과 겪은 일들의 집합일 것이며, 그것들이 내면을 휘돌아 그만의 고유한 삶의 층위로 발현된다고 여겨요.

그렇지 않을까요?

♣

여자의 말은 전날 밤의 지친 기색과 달리 반듯하고 담백했다. 그래서 도영이 어제 들었던 말은 흐릿한 윤곽인 듯했다. 꿈 속에서 분명 누군가를 만나고 어떤 말을 들었지만, 깨고 나면 이랬든가 저랬든가 불확실하다가 이내 기억할 수도 없이 무심하게 사그라지는 내용 같았다.

도영은 정말 제대로 기억나지 않은 꿈을 꾼 것처럼 여자가 누군가 들을 만나러 어딘가를 다녀왔다던 어제의 말이 아스라했다.

♣

도영이 지난여름 카페에서 여자를 처음 보았던 날이었다. 행사가 시작되어 친구 A와 마당에 있던 도영도 카페 안으로 들어갔다. 여자는 먼저 들어왔기에 앞자리에 앉아있었다. 뒤에 앉고 보니 여자의 목덜미를 자세히 보게 됐다. 거리가 떨어진 상태에서 얼핏 멍 자국으로 보였던 건 푸른 장미 문양이었다. 독특했다.

실내는 통으로 창을 내서 환했는데 비쳐 드는 햇살이 여자의 목덜미에 말갛게 머물렀다. 그 햇살에 자잘한 솜털이 흰 민들레의 꽃술처럼 보소소했다. 여자가 고개를 움직일 때마다 푸른 장미는 솜털 속에서 줄기를 구부리거나 잎을 비틀며 봉오리를 열듯 움찔거렸다.

행사 진행 중에 강연자가 무작위로 앞자리에 앉은 여자에게 질문했다. 어떤 문학 도서에 관한 건데 대중적으로 많이 알려지지 않은 외국 작가의 작품이었다. 그곳에 있던 사람들 대부분이 알지 못했다. 여자는 해당 도서와 작가에 대해 간결하고 명확하게 말했다. 마당에서의 수굿해 보이던 태도와 달리 당당했고 만만치 않은 내공이 엿보였다. 거기에다 여자의 목소리에 도영은 내심 놀랐는데 가녀린 체구에 비해 겨울날 바닥에 내려 쌓이는 눈처럼 낮고 묵직해서였다. 코를 관통하는 담백한 비음의 음색도 도영의 내면 어딘가를 툭툭 건드렸다.

일정이 끝난 후 뒤풀이 자리인 식당에서 도영은 친구 A 때문에 같이 있었고 여자도 함께 어울렸다. 도영은 A 곁에 있느라 여자와는 몇 자리 떨어진 대각선으로 앉았다. 여자는 구석진 자리에 있었는데 도영의 눈길이 자주 여자를 향했다. 강연자의 질문에 말하던 목소리가 자꾸 귀에 울렸다.

여자는 조용히 음식을 먹었다. 고개를 약간 숙이고 되도록 입을 적게 움직여 음식을 씹었다. 수행하는 사람이라면 저렇지 않을까 싶게 절제하는 담담함이었다. 술을 마시지도 않으면서

거나한 사람들의 대화를 가만히 듣거나 가끔 고개 들어 쳐다보며 미소 지었다. 낯선 자리임에도 지루해하지 않고 모임에 자주 어울린 것처럼 자연스러웠다.

A는 돌아가는 차 시간으로 식사만 먼저 마치고 중간에 일어났다. 도영이 A를 배웅하고 들어왔을 때 창가에 앉은 여자는 어둠이 배면이 된 유리창 밖을 내다보고 있었다. 간혹 짧은 머리를 손으로 스윽 쓸거나 턱을 괴는 모습이 음각된 판화처럼 유리창에 되비쳤다. 빛무리 속의 고요한 한 점 그늘 같았다.

자리가 파했다. 사람들은 방향이 같으면 차를 함께 타거나 각자 택시를 타고 떠났다. 동아리 회장이 도영과 여자에게 차를 갖고 왔냐고 물었다. 도영은 차가 없었고 여자는 차가 있었다. 어느 방향으로 가는지도 물었다. 도영과 여자가 가는 방향은 같았다. 도영의 집은 십여 분쯤 가는 거리였고 여자는 그곳에서도 네다섯 정거장 구간을 더 가야 했다. 회장은 오지랖 넓은 친절을 섞어 여자와 도영을 함께 묶어주었다.

늦여름의 밤거리는 불야성이었다. 프랜차이즈 커피점의 전면으로 난 실내가 훤히 보였다. 바깥쪽으로 길게 테이블을 낸 곳에 사람들이 죽 앉아있었다. 그들은 차를 마시며 얘기를 나누거나 노트북이나 태블릿을 앞에 놓고 무언가를 열심히 쓰거나 보고 있었다.

술집들이 모여 있는 거리는 인도까지 테이블을 내놓고 손님을 끌어모았다. 테이블마다 꽉 차게 앉아있는 사람들은 술과 안주를 놓고 불콰한 얼굴로 크게 웃으며 와자지껄했다. 후텁지근한 여름밤의 어둠 속에서 만개한 꽃들처럼 환했다.

도영과 여자가 탄 차는 그 앞을 지나쳤다. 여자가 불쑥 물었다.

저 사람들은 모두 행복할까요?

도영은 어떤 대답을 해야 할지 몰랐다. 행복이라는 흔하디흔한 말이 새삼 낯설어 머뭇대다 말했다.

어… 음… 글쎄요. 행복한 사람도 있을 테고 아닌 사람도 있겠죠.

하긴… 그렇겠죠. 누구나 다 행복할 순 없을 테니까. 뻔한 걸 물었네요.

여자가 말끝에 희미하게 웃음 지으며 다시 말을 이었다.

글을 쓰세요? 아까 카페에서 어느 분과 나누는 말을 들었어요.

강연 자리에서 쉬는 시간에 A와 잠깐 글 쓰는 것에 대해 말을 나누었었다.

아, 아닙니다. 그냥… 뭐… 관심이 있는 거죠.

도영은 또 제대로 말을 받지 못했다. 글을 쓰고 있다고, 작가가 되고 싶어 준비하고 있다고 하기가 민망했다. 카페에서 여자가 강연자의 질문에 당당한 내공을 펴내던 게 생각나서였다. 그럴 주제도 못 되면서 허세 부리는 걸로 보일까 봐 신경 쓰였다.

여자는 도영을 잠깐 돌아보곤 말했다.

두 분이 말하는 걸 듣고는 그런 줄 알았어요. 글을 쓴다는 건 결코 쉬운 일은 아닐 거예요. 특히 소설은 영화나 드라마 같은 영상처럼 시각 이미지로 보여줄 수 있는 게 아니잖⋯.

여자는 코너 진 곳을 도느라 말을 잠시 멈췄다가 돌고 난 후 다시 이었다.

사람의 천차만별인 감정과 생각, 사람과 사람에게서 일어나는 복잡다단함을 일일이 문장으로 발현하는 게 쉽지 않죠. 더구나 소설은 분명한 허구임에도 과정과 결과에 흥미를 담아 현실에서 있음직하게 제시해야 하잖아요. 개체나 군상들 간의 갈등과 좌절이며 다양한 욕망 등등의 요소들도 유기적으로 연결해 설득력 있게 형상화해야 하고요. 그 모든 걸 독자가 오롯이 느끼게끔 목소리 내 줄 단단함이 전제되어야 하니까요.

여자는 높낮이가 별반 없는 어조로 담담히 말했다. 그런데도 귓가에 콕 박히는 느낌이었고 카페에서 질문을 받아 대답할 때처럼 또렷했다. 그러나 도영이 언뜻 바라본 옆얼굴은 윤곽이 불분명했다. 마주 오는 차량 불빛이 계속 스치며 흐린 음영까지 덧씌워졌다.

도영이 여자에게서 눈길을 돌려 정면을 보며 물었다.

카페 행사는 어떻게 알고 오셨습니까?

다른 지역에 사는 지인이 말해 주었어요. 그곳 행사가 SNS 상으로도 꽤 알려졌나 봐요. 마침 이곳에서 지내고 있으니 한번 가보라며 날짜와 위치를 보내주더군요. 난 사실 행사에 별 관심은 없었고요. 우연히 그 동네를 지나다 카페를 보게 됐는데 흰색 건물과 채도 높은 파란 쪽대문에 유난히 끌렸거든요. 그래서 카페 안은 어떨까 궁금했어요.

도영도 처음 카페에 들어서기 전 접했던 흰 건물과 푸른 쪽대문의 색채가 인상적이었던지라 여자의 말이 반가웠다. 누군가가 어떤 무엇에 자신과 같은 느낌이었다는 친밀한 동류의식이었다.

도영이 다시 물었다.

어떻던가요?

나쁘지 않았어요. 분위기를 일부러 지중해풍으로 만든 건지 원래 건물 자체가 그런지 독특했어요. 그런데 실내는 의외로 평범하던데요.

도영은 행사 시작 전 카페 마당에서 A와 함께 있을 때 주인에게 들었던 말을 전했다.

주인이 예전에 튀니지에 여행을 갔었는데 시디 부 사이드 마을이 좋았나 봐요. 풍성한 적도의 햇살을 받으며 광활한 푸른 바다를 향하고 있는 흰 집들 속에서, 쨍하도록 맑은 새파란 색채의 창이나 대문이 아주 인상적이었다는군요. 한국으로 돌아와 카페를 차리면서 그때의 느낌이 좋아 건물 외관을 비슷하게 보수했다네요.

그랬군요.

다음에 행사가 있으면 또 오실 건가요?

글쎄요….

여자의 대답은 모호했다.

그리고 도영과 여자는 몇 마디 더 나누었지만 중요한 말들은 아니었다. 그마저 끝나자 차 안은 침묵이 흘렀다. 둘이 탄 차는 여름밤의 화려하나 어두운 대기 속을 고요히 지나갔다.

도영의 집 앞에 도착했을 때 여자가 말했다.

서로 연락처를 교환할까요?

네? 아… 그러죠.

뜻밖의 제안에 도영은 당황하면서도 내심 좋았다. 여자가 도영에게 먼저 번호를 말해 주었다. 도영이 번호를 입력하고 확인 전화를 걸었다. 여자의 전화기가 울렸다. 이어 도영이 이름이 뭐냐고 물으려는데 여자가 오늘 만나서 반갑다는 의례적인 말을 꺼냈다. 도영도 얼결에 저도 반가웠습니다, 라고 하는데 뒤에 오던 차가 경적을 울렸다. 그 때문에 차를 태워줘서 고맙다거나, 잘 가라는 인사도 못 하고 서둘러 내리고 말았다.

집에 들어와서야 여자의 이름을 알지 못한다는 게 생각났다. 그러고 보니 여자는 연락처를 교환하자고까지 했으면서 도영의 이름을 물어보지 않았다. 의도적이었을까, 라는 생각이 잠시 스쳤다.

도영은 연락처에 여자를 무엇으로 입력할까 하다 일단 떠오르는 대로 푸른 장미라고 했다. 무의식적일 만큼 여자의 목덜미에 있던 장미는 각인되었나 보았다. 그나저나 여자는 도영을 무어라고 저장했을까 궁금했다.

9

 오늘은 날씨가 아주 좋아요. 청명한 하늘가에는 새털구름이 군데군데 퍼져있고 햇살은 맑았어요. 미세먼지가 심각한 날이 잦다 보니 오늘처럼 쾌청한 날은 축복이라는 생각마저 들어요.

 오후엔 지내고 있는 아파트 단지 안의 둘레 길을 걸었어요. 이곳은 원래 나지막한 구릉들이 있던 골짜기였는데 본래 지형을 거의 변형시키지 않고 지어서 본연의 자연 형태를 지니고 있더군요. 다양한 수종의 나무들이 밀도 있게 들어섰고 조성이 잘 돼서 숲속의 호젓한 오솔길을 걷는 기분이에요. 걷는 시간은 사오십 분쯤 걸리는데 산책으로는 적당해요.

 단지 안에는 아이들 연령대에 맞는 몇 군데의 놀이터도 있어요. 지나는 곳에 있던 놀이터는 초등학교 저학년 이상 아이들이 놀 수 있는 곳이었어요. 아이들이 미끄럼대를 사이에 두고 서로를 잡으려고 깔깔대며 뛰어다니더군요. 날씨가 약간 서늘했는데 움직이느라 열이 오른 발간 볼을 한 모습이 사랑스러워서, 걷던 걸 멈추고 바라보는데 내 몸 어딘가에서 갑자기 나사 하나가 쑥 빠지듯 헐렁거렸어요. 중요한 무얼 지니고 있다 놓쳐버린 안타까움 같은 거랄까요.

다시 걸음을 옮기는데 한 젊은 여자가 치와와 강아지를 데리고 옆을 지나갔어요. 강아지는 낯선 사람을 보고 제법 으르렁거리며 달려드는 시늉을 했는데, 하나도 위협적이지 않아 슬그머니 웃음이 나왔어요. 젊은 여자는 강아지 목에 맨 줄을 바투 잡으며 나에게 미안한 표정을 지었어요.

군데군데 설치된 운동기구 위에선 한 중년 여자가 열심히 허리를 비틀고 있었어요. 굵어진 허리와 불거진 뱃살이 만만치 않았어요. 몸을 비틀 때마다 뱃살이 출렁이는 게 보일 정도였으니까요. 그래서 옆을 지나며 아자! 아자! 속으로 힘찬 응원도 해주었어요.

아파트 후문의 경비실 안에선 경비원이 고개 숙여 뭔가를 쓰고 있었어요. 주민 한 사람이 무엇이 담긴 바구니를 들고 아장거리는 아이의 손을 잡고 경비실로 들어갔어요. 바구니에서 나온 건 주홍빛 귤이었어요. 경비원은 아이의 볼을 사랑스럽게 쓰다듬었고 주민에게는 고맙다며 환한 인사를 했어요. 보는 나마저 그들이 짓는 미소에 마음이 따뜻해지더군요.

산책길에서 여러 사람과 풍경을 만나며 드는 생각이 있었어요. 살아가는 세상에서 우연히 마주치는 사람들과의 관계에 대해서요. 관계들은 진지하거나 무심하거나, 사소하거나 크거나, 덤덤하거나 깊거나 다양한 무게를 지니고 있을 테죠. 그처럼 살아가는 환경과 형태도 크게 유사하면서 각기만의 개별적 고유성을 가질 테고요. 그 범주에서 기호나 취향, 성정, 직업성, 의식, 인식 체계 등이 어느 정도 맞거나 혹은 맞을 수 있겠다는 대상을 만나면 친밀감이 들겠죠. 친밀도는 특정한 환경군을 형성하게 되고 파생된 정서로 교류를 유지할 테고요.

우리의 관계에선 서로 비슷한 환경이거나 그에 따른 정서가 파생될까요? 아니면 정반대의 환경이나 정서일까요?

♣

도영은 대답하지 못했다. 여자도 꼭 대답을 들으려는 건 아닌지 곧 다른 화제로 몇 마디 더 하다가 통화를 끝냈다. 도영은 여자가 물었던 서로의 환경과 정서를 곰곰이 생각해보았다. 같을 수 있을지 아니면 전혀 다를 수 있을지. 모르겠다. 상대에 대해 아는 게 없으니 무엇도 성립시킬 수 없었다.

오늘도 여자는 여전히 도영의 이름을 묻지 않았다. 그래서 도영도 여자의 이름을 묻지 못했고 나이도, 어디 사는 것도 알 수 없이 자신과 얼추 비슷한 연배일 거라는 짐작 정도였다. 명확히 알고 있는 건 전화번호와 차량이 은회색이라는 것뿐이었다.

♣

도영이 여자를 두 번째 본 건 지난 9월이었다. 북 카페의 동아리에서 주말에 진행하는 당일 코스의 낙산사 드라이브 일정에서였다.

동아리 회장은 도영이 처음 행사에 참석했을 때 남긴 인적으로 연락을 해왔다. 한 번 봤을 뿐인데도 어떤 공통 영역에 있다고 여기는 사람들 특유의 급조된 친밀감이 묻어 있었다. 일정에 참석하겠냐고 물었을 때 도영은 마침 그 주말은 식당 일을 쉬는 날이기도 했고 여자를 먼저 떠올렸다. 어쩌면 다시 볼 수 있을 거라는 생각만으로 선뜻 수락했다. 여자가 아니었다면 참석하지 않았을 것이다.

출발하는 날 여자가 혹시 오지 않으면 어쩔까 했으나 다행히 참석했다. 일행은 두 대의 승용차에 나눠 탔는데 도영과 여자는 같은 차량에 탔다. 운전자가 남자라 도영은 조수석에 앉았고 여자는 다른 여자 일행들과 도영의 바로 뒷자리에 앉았다. 여자는 목적지로 가는 동안 동승자들이 무언가를 물을 때만 얼굴을 보며 대답할 뿐 대부분 창밖을 내다보았다.

낙산사에 도착해서 바위에 지어진 홍련암을 들렀다. 주변을 둘러친 난간 밑으로 파도가 거친 거품을 지으며 넘실거렸다. 바위에 부딪힌 물결은 자주 튀어 올랐다. 그 때문에 사람들은 밑을 내려다보다 금세 자리를 떠났다. 여자만은 난간을 짚고 등까지 굽혀 파도치는 걸 한참 내려다보았다. 바위에 지은 암자는 불안정했다. 그런 곳의 방어막인 난간에 기댄 여자도 그처럼 여겨졌다.

암자 처마의 붉고 푸른 단청과 법당문의 녹두색 격자 문살의 사방무늬는 다소 빛바래있었다. 암자 앞의 장명등은 먼바다를 향해 고적하니 세워져 있었다. 그 구도 속에서 여자는 헐렁한 니트 상의에 무릎까지 오는 플레어 치마를 입고 지난번처럼 케즈 운동화를 신고 있었다. 걸친 색상이 다 희어서 처음 보았던 날의 모습과는 다른 느낌이었다. 응달진 산기슭에서 어쩌다 비쳐 드는 햇살 속의 가녀린 나무 같았다. 목덜미의 멍 같은 푸른 장미 문양마저 처연히 도드라졌다.

난간 밑을 보느라 구부린 등줄기도 얇은 옷의 하늘거리는 질감으로 고스란히 드러났는데, 마른 나뭇가지처럼 강파르게 불거져 있었다. 레이스로 직조된 치마 속에서 드러난 종아리와 발목도 어쩐지 고단해 보였다. 그 모습은 휘도는 마른 바람 속 흐린 하늘과 암자 사이에서 지친 숨소리를 토해낼 것만 같았다.

도영은 이만큼 떨어진 간격에서 여자의 뒷모습을 휴대전화로 찍었다. 이유는 없었다. 그저 찍었다. 집으로 돌아와서 파일을 새로 만들었다. 본인이 찍힌 줄도 모르는 여자의 뒷모습 사진을 저장했다. 어쩌면 글을 쓸 때 필요할지 모른다는 핑계를 댔으나 여자를 향한 관심이었다.

♣

도영은 여행을 다녀온 후 여자를 또 볼 수 있을까 다시 카페 행사에 나갔지만 나타나지 않았다. 아쉬웠다. 많이 궁금했다. 일상 곳곳에서 여자가 수시로 어른거렸다.

평소보다 이유 없이 잠 깨는 시간이 빨라졌다. 눈을 뜬 후 침대에서 멍하니 천장을 한참씩 바라보았다. 여자가 했던 말들이 자주 귀에 파고들었다. 이른 새벽잠이 깬 여자가 거실 창으로 내다본다던 비어있는 새벽 도로를 떠올렸다. 그 도로를 바라보며 가졌을 심정은 무얼까, 라는 것에 도영의 심정도 가닿았다. 홍련암에서 파도가 치오르던 바다를 바라보며 무슨 생각을 했을까도 알고 싶었다. 가끔 파일에 저장한 여자의 사진을 열어 얼굴이 드러나지 않은 뒷모습을 한참 바라보기도 했다.

사위에 본격적으로 늦가을 색이 입혀질 무렵 도영은 여자에게 잘 지내냐는 문자를 보냈다. 여자는 네, 라는 짧은 답을 보내왔다. 단답의 언어는 더는 무엇을 얹을 수 없도록 건조해서 다른 말을 건네지 못했다.

그러나 그 후부터 여자는 도영에게 자주 전화를 걸어 이런저런 얘기를 했다. 모호하나 투명한, 건조하나 습한 어조로 전화기 너머에서 잡히지 않을 말과 목소리로 형태화되었다. 어느 땐 말랑한 감각으로 다가섰고 어느 땐 경직된 감각으로 저만큼의 흐린 거리를 두었다. 그 때문에 도영은 그사이의 어정쩡한 거리에 있어야 했다. 두 번을 직접 만났으면서도 어떤 생김인지는 거의 기억나지 않았다.

10

"아유, 뭐야? 적당히 좀 해!"

주말에 온 경주는 현관을 들어서자마자 코를 막으며 퉁퉁
거렸다.

"좁은 곳에서 담배를 계속 피워대면 어쩌자는 거야."

경주는 들고 온 짐을 바닥에 팽개치다시피 놓아둔 채 쪽창
과 현관문부터 활짝 열어젖혔다. 그리고 갖고 온 짐을 풀었다.
밑반찬들이었다.

도영은 정안으로 온 후부터 경주에게 부채감을 가질 때가
많았다. 받긴 하지만 부담감이 앞서며 편치 않았다. 시간이 지
나면서 그 감정은 커를 더 했다. 가까운 사이에 뭘 그렇게 여길

것까지 있나 싶으면서도 이상하게 불편해졌다.

경주와 만난 지도 5년이 흘렀다. 1년이 지났을 무렵부터 양가에서도 알게 됐다. 도영의 아버지나 동생은 싫고 좋고 없이 당연하게 받아들였다. 경주의 부모는 도영을 탐탁하게 여기지 않았다. 남루한 집안 형편에 직업도 번듯하지 못한 데다 경주는 전문대학을 나와서 치위생사로 일했으나 도영은 고등학교만 마친 처지였다. 무엇보다 평범하지 않은 도영의 집안 내력에 꺼림칙함을 갖고 있었다. 도영이 지닌 모든 것들이 차고 넘치는 결격사유였다.

경주의 나이도 삼십 대 후반으로 접어들었다. 도영을 내켜 하지 않는 부모 입장에선 성에 차지도 않은 남자 때문에 딸이 나이만 먹어가는 게 속 뒤집어질 일이었다. 그런데다 하고 싶은 걸 해 보겠다고 낯선 곳에 가 있는 것도 이해하지 못했다. 그게 글을 쓰고 싶어서라는 걸 알았을 때 그들의 잣대론 무위도식하며 판판이 노는 한량이나 마찬가지였다. 더더구나 곱게 보일 리 없었다. 경주는 부모의 반대를 내색하지 않지만 말해야만 알 수 있는 건 아니었다.

오늘 경주가 갖고 온 생필품과 밑반찬은 평소보다 가짓수나 양이 두 배는 많았다. 의아한 도영이 물었다.

"웬걸 이렇게 많이 가져온 거야?"

"으응… 어… 날씨가 추워졌으니까 냉장고에 두면 한참 먹을 수 있을 거야. 아무래도 다음 주에 오지 못할 거 같아서…."

"왜? 어디 가?"

"아니, 뭐… 요즘 바빠서…."

도영이 아무 생각 없이 한 말에 경주는 필요 이상으로 난처해하며 웅얼거렸다. 눈길도 제대로 맞추지 않고 부리나케 냉장고로 갔다. 냉장고에 반찬들을 채우는 손길이 허둥거렸다.

♣

경주는 늘 그랬듯 도영이 있는 공간을 결혼한 사이처럼 공유했다. 부부가 함께 장을 봐 온 듯 갖고 온 생필품들을 채워놓았다. 굳이 빨지 않아도 될 옷들을 추려 세탁기에 집어넣고 청소기를 가동했다. 화장실과 싱크대 구석구석도 세제를 묻혀 박박 닦았다. 오늘은 그런 행위들이 다른 때보다 꼼꼼했다.

"그만 해. 내가 알아서 할 건데…."

도영은 만류했다. 그래도 경주는 아랑곳없이 여기저기 손길을 얹었다. 바닥은 자주 청소하는데도 열어놓는 쪽창으로 밖에서 들어온 먼지 때문에 금세 시커메졌다. 걸레질하느라 두 손 두 무릎을 바닥에 대고 구부린 경주의 등과 하체에 도영의 눈길이 머물렀다. 잘록한 허리와 엉덩이 윤곽에 도영의 아랫도리가 대책 없이 불끈거리며 열감이 확 몰렸다. 서둘러 현관문을 닫고선 경주를 일으켰다.

"왜 벌써 닫아? 환기를 더 해야 하는데….”

경주의 말은 끝을 맺지 못했다. 도영이 선 채로 경주의 셔츠를 벗겨냈기 때문이다. 경주의 젖가슴이 드러났고 브래지어를 벗기자 젖무덤이 출렁댔다. 도영의 손이 젖가슴을 움켜쥐었다. 아… 경주의 입에서 짧은 탄식이 새어 나왔다. 경주를 침대에 앉혔다. 무릎을 꿇고 경주의 가슴을 모아 잡아 입술을 비벼댔다. 배릿한 달큰함이 코에 감겼다. 익숙한 체취였다. 자극된 경주가 양손으로 젖가슴에 파묻힌 도영의 머리를 잡으며 말려드는 소리를 냈다. 도영의 입에 물린 젖꼭지가 탱탱하게 일어섰다. 오디 열매를 입안에 궁굴렸을 때의 딴딴한 말랑함이었다. 파작, 깨물었을 때 터지며 새어 나오는 즙처럼 침이 홍건히 고였다. 흐응, 흐응… 경주의 신음이 더 커졌다.

도영은 경주를 거칠게 눕히며 치마와 팬티를 마저 벗겼다. 흰 피부에서 무성한 검은 치모가 드러났다. 그곳에 도영의 입술이 닿자 몸이 달아오른 경주가 도영의 바지를 서둘러 벗겨내고 페니스를 허겁지겁 입에 물었다. 헉! 도영은 가쁜 숨을 들이켜며 경주의 어깨를 힘주어 잡았다. 페니스를 입에 문 경주의 고갯짓이 가열 찼다. 도영의 등이 뒤로 한껏 휘어졌고 열락의 희열에 얼굴이 일그러지며 아ㅡ아ㅡ아ㅡ 끊어지는 비명이 자주 튀어나왔다.

경주가 헉헉대며 도영을 눕히고 위로 올라탔다. 치골 뼈가 도영의 불두덩을 눌렀고 허벅지가 허리를 조였다. 도영은 질주하듯 내달리는 경주의 허리와 엉덩이를 두 손으로 잡아 함께 움직였다. 압력에 경주의 솟구치는 애액이 도영의 불두덩을 축축이 적셨다. 곧 좁은 원룸 안에 경주가 접점에 이르며 터뜨리는 교성이 꽉 채워졌다. 도영의 몸도 가느다란 수많은 침에 찔리듯 자지러지는 희열이 덮쳤다.

백 미터 거리를 온 힘을 다해 질주한 듯 도영과 경주는 땀으로 흠뻑 젖었다. 둘 다 오랜만에 만족한 교접이었다. 경주가 격렬한 정사의 여운으로 가쁜 숨을 내쉬며 도영을 힘주어 껴안았다. 얼굴은 달뜬 열감이 쉬 가시지 않아 여전히 달아올랐고 숨결에선 단내가 훅훅 끼쳤다.

경주가 도영의 머릿결을 위로 쓸어 올리며 감은 눈두덩을 시작으로 코와 입술과 뺨을 구석구석 다시 혀로 핥았다. 도영은 오늘 유달리 격정적인 경주가 좀 이상하다는 생각이 들었다. 자극 없이 뻔한 체위로 각자의 욕정을 밍밍하게 해소하던 것과 달랐다. 몇 년 동안 본 경주는 도영에게 미안하거나 곤란한 상황을 만들었을 때 대체로 그랬었다. 과분할 만큼의 열과 성의를 다해 상대를 만족시켰던 게 상기됐다. 그런 거라면 이번엔 무슨 곤란한 상황인 걸까에 생각이 미치자 조금 전 정사의 감흥은 빠르게 식었다.

♣

　도영이 욕실로 들어서는데 경주가 따라 들어왔다. 평소엔 욕실이 좁아 교대로 씻었는데 오늘은 같이 하자고 했다. 경주는 직접 씻어주겠다며 도영의 몸에 바디클렌저를 묻혀 손으로 세세히 문질렀다. 목과 어깨와 가슴과 치골을 따라 짙은 거웃이 덮인 아랫배를, 손길에 또 불끈해진 페니스와 등과 엉덩이를, 허벅지와 다리를 따라 부드럽게 움직였다. 다시 자극된 도영의 몸은 팽팽히 조였다가 순간순간 나락으로 떨어지는 걸 반복했다.

　도영도 클렌저를 묻혀 경주의 몸을 문질렀다. 희고 가는 목이며 조붓한 어깨와 불거진 쇄골을, 풍만한 젖가슴과 도도록이 불거진 연분홍빛 젖꼭지와 아랫배를, 거웃이 무성한 음부와 불거진 클리토리스를 세세히 쓰다듬었다. 손길이 닿을 때마다 경주의 몸은 넝쿨식물처럼 배배 꼬였다. 열락을 주체 못해 터져 나오는 원초적 음절들이 아찔하도록 화려한 향을 입고 난무했다.

　도영이 그런 경주를 돌려세워 등을 문지를 때였다. 불현듯 카페에서 처음 여자를 만나던 날의 뒷모습이 와락 달려들었다. 그때 여자는 차근대며 감기는 옷감의 재질로 등줄기가 시위를 당기려는 활처럼 탱탱하게 드러났다. 그 등이 이어진 엉덩이는 걸음을 옮길 때마다 입체적인 탄력이었고 짧은 치마로 드러난 쪽 곧은 허벅지는 균일한 근육질로 어룽졌다. 그 위를 치맛단의 풀어진 올이 성긴 주렴처럼 음영을 지우며 빛과 그늘의 경계를 만들었다. 매끈한 육질의 탱글한 종아리와 가는 발목뼈의 날렵함도 참기 힘든 간질임이었다.

그랬던 여자의 뒷모습이 재생되자 도영의 입에선 아아아! 아아아! 주체 못 할 탄식이 튀어나왔다. 여자가 떠오르는 것만으로도 활화산처럼 몸이 터지며 아차, 하는 한순간의 분해로 조각조각 흩어질 것 같았다. 견딜 수 없었다. 경주를 등 돌려 세운 채 페니스를 거칠게 삽입했다. 반동으로 경주의 몸이 벽에 철퍽, 부딪쳤다. 도영은 경주의 허리를 잡고 과격한 몸짓을 했다. 경주는 불편한 자세일 텐데도 도영에게 맞추려고 양팔을 뒤로 돌려 도영의 엉덩이를 힘껏 움켜잡았다. 김이 서린 좁은 욕실에 두 사람이 뿜어내는 열기와 숨넘어가는 교성이 가득 찼다.

어느 결에 상상 속에 있던 여자가 도영에게 한껏 밀착되어 있었다. 두 사람이 있는 곳은 혹독한 태양열이 내리쬐는 사막이었다. 어찌 보면 쾌청한 대기 가득 흰 눈과 푸른 초원이 펼쳐진 고원이기도 했다. 그 속 어디쯤의 완전한 뜨거움과 순수한 차가움에 함께 갇혀버렸다. 오로지 둘만 있는 태고의 공간에서 한 치의 틈도 없이 포개져 훈기 담긴 바람과 맑은 햇살을 휘감으며 원초의 관능을 주고받았다. 서로의 맨몸을 껴안고 서로의 맨몸에 코를 박고 서로의 맨몸을 주무르며 뒹굴었다. 봄날의 혼곤한 달뜸과 여름의 휘몰아치는 격정과 가을의 깊은 울림과 겨울의 쨍한 자극이 수없이 반복되며 서로를 에워쌌다.

급기야 여자는 붉은 육질의 농밀하게 완숙된 과일로 터져버렸다. 여자의 몸속에 고여 있던 붉은 과즙이 밤하늘의 축포로 아우성치며 분출됐다. 모호하나 투명한, 건조하나 습하던 은유 가득한 여자의 목소리가 황홀한 메아리로 휘감았다. 도영의 안에서도 미끄러운 덩어리들이 와르르 쏟아졌다. 아-아-아-! 도영과 여자의 주체할 수 없는 격한 분절음이 최고조로 뒤섞이며 동시에 솟구쳤다. 둘의 모든 것들이 사막의 모래바람 속에 가닥가닥 해체되어 파묻히거나, 혹은 흰 눈에 덮여 이어진 설선雪線자락 속 뜨거운 사구砂丘가 되어 격한 숨을 토해냈다.

도영은 여자를 더 깊게 느끼고 싶어 잠시 눈을 감았다가 떴다. 그런데… 조금 전까지 한 몸으로 밀착되었던 여자가 삽시에 스러져 없어졌다. 뜨거운 사막과 쾌청한 대기 속의 흰 눈과 푸른 초원도 가없이 사라졌다. 여자가 눈앞에 없다는 사실이 안타까워 황망히 휘둘러보았으나 경주의 등만 있을 뿐이었다.

도영에게서 많은 것들이 툭, 툭 일시에 빠져나갔다. 절실히 아끼던 걸 어이없게 잃어버린 허망함에 소리 내어 울고 싶었다. 그걸 알길 없는 경주가 몸을 돌려 도영을 안으며 등을 쓸었다. 몸짓에서 포만한 정사의 희열이 잔뜩 배어 나왔다.

도영은 경주의 팔을 슬그머니 풀고 샤워기를 잡아 물을 틀었다. 비적비적 눈물이 났다. 따뜻한 물살이 닿는데도 얼음덩이를 안은 듯 시렸다. 여자가 은유로 품고 있을 미끌거림에 실제로 섞였으면 좋겠다는 절박함이 사무쳤다.

♣

하루를 지내고 돌아가는 경주를 배웅하기 위해 도영은 주차장으로 따라 나왔다. 앞서 걷는 경주의 뒷모습에 초조한 머뭇거림이 걸쳐있었다. 어제부터 내내 달라붙어 있던 기척이었다. 차에 올라타서는 뭔가를 말하고 싶은데 차마 입을 떼지 못하는 기색도 내비쳤다. 그러면서도 눈길은 도영을 제대로 보지 않았다.

왜, 무슨 할 말 있어? 도영은 그렇게 묻고 싶은 걸 눌렀다. 짐작하는 그런 거라면 지금은 경주의 복잡한 심경 속에서 같이 헤매고 싶지는 않다. 도영의 현재 입장은 아무것도 결정할 수 없는 처지였다.

경주는 결국 입을 열지 못한 채 떠났다. 멀어지는 차 뒤꽁무니를 보는 도영의 마음이 무거웠다. 5년이라는 기간은 짧지 않았다. 도영과 경주는 그 시간을 공유하며 지나왔다. 그랬던 관계는 어느 시점에선 함께 했던 의미 같은 건 무화되고 있었다. 각자의 자리에서 희석되거나 비틀리는 공허함을 걸치며 그저 지나가고 있었다. 한때 생동적이던 둘의 관계는 한여름 땡볕에 처진 일년초처럼 시들해졌다. 오래되어 가슴 뛸 일 없는 상대의 각질 덮인 발뒤꿈치를 볼 때 같은 무력함이랄까. 지닌 패를 다 꺼내 놓고 더 이상 보여 줄 게 없는 진부하고 통속적인 권태가 가로 놓였다.

경주의 부모가 대놓고 내비치는 반대에 도영과 경주는 위축되었다. 그렇지 않았대도 경주나 도영이 처음 만났을 때 같은 생동적인 감정을 계속 유지했을까. 장담할 수 없다. 경주는 정안으로 온 도영에게 한동안 잦은 신경질을 냈다. 그걸 받아야 하는 도영은 피로했다. 갈등의 바탕이 자신 때문이라는 걸 알면서도 버거웠다. 둘은 서로를 할퀴며 자주 다퉜다. 경주로선 방향이 틀어지는 상황들이 버겁고 화가 났을 테다. 부모의 반대만으로도 힘겨운데 도영마저 이해할 수 없을 엉뚱한 곳으로 벗어나 버렸으니 실망이 컸을 것이다.

시간이 흐르면서 경주는 감정을 좀 가라앉혔는지 다시 예전처럼 도영을 대했다. 그러면서도 사이사이 회의와 버거움이 눌린 지층으로 박혀 있었다. 도영의 선택과 환경에 불신과 불안의 흔적을 흘렸다. 간혹 도영을 보며 말을 하는데도 눈빛은 먼 곳으로 향하는 걸 숨기지 못했다.

도영도 다르지 않았다. 경주에 대한 피로감은 건네야 하는 마음의 함량에 제대로 무게를 담지 못했다. 오랜만에 만나서 익숙하다 못해 지루한 서로의 몸을 나누며 쌓였던 욕정을 타성으로 배설했다. 몇십 년을 함께 살아 자극되지 않는 오래된 부부처럼 심드렁했다. 무엇보다 도영의 처지가 경주에게 탄탄한 현실의 비중을 건네지 못한다는 무능으로 내리눌렀다.

가끔 그런 생각이 들었다. 도영에게서 정말 경주를 향한 감정이 절실했다면 경주를 두고 이곳으로 홀쩍 떠나왔을까. 도영의 현실에선 무소용이나 마찬가지인 글쓰기의 열망쯤이야 경주를 향한 무게에 고개 들지 못했을까. 설사 먹고 살아야 하는 어쩔 수 없는 전제에서 이곳 생활을 등 떠밀었다 해도 경주와 떨어져 있기 싫어 어떻게든 쳐냈을까.

모르겠다. 이랬을까 저랬을까, 이분법 명제를 놓을 만큼 지금은 경주를 대두시킬 자신이 없다. 결국 도영이 경주를 사랑했던 건 딱 그만큼의 무게였을까, 라는 의구심이 짙게 들 뿐이다.

도영은 요즘 부쩍 그간 경주와 공유했던 것들이 처음의 제

자리로 돌아갈 거라는 막연한 쓸쓸함이 자주 든다. 발걸음은 아마도 경주가 먼저 떼지 않을까, 지쳐서. 어쩌면 스스로에게 확신을 갖지 못하는 도영 자신일지도 모르겠다.

11

경주를 보내고 난 도영의 심정이 허했다. 텅 빈 마음을 어딘
가에 기대고 싶었다. 여자를 생각했다. 어제 욕실에서 경주와
정사를 나눌 때 불현듯 휘몰아 들었던 정황은 가상임에도 뚜렷
한 잔상으로 내내 의식을 떠나지 않았다. 같은 시공간을 함께
하지 못하는 안타까움이 짙었다.

여자에게 콜 이모티콘을 보냈다. 목소리를 듣고 싶었다. 한
참이 지나도 연락은 오지 않았다. 수시로 카톡방을 열어보지
만 1이라는 숫자는 계속 떠 있었다. 식당에서 일하면서도 신경
은 여자에게 계속 닿아있었다.

일을 끝내고 원룸으로 막 들어섰을 때 드디어 전화가 왔다.

화면에 뜬 여자의 번호에 도영은 신발도 제대로 벗지 못하고 허둥댔다. 얼마나 급했던지 신발 앞코가 현관 턱에 걸리며 휘청, 벽에 부딪히기까지 했다. 그럴 만큼 종일 안달하며 기다렸던 도영과 달리 여자의 말소리는 아무것도 들여놓지 않은 말간 고요함이었다.

♣

　이곳에 살고 있지 않은 지인들을 만나서 저녁을 먹고 늦게 들어왔어요. 그들은 다른 곳으로 가던 중인데 지나는 길에 나를 만나려고 잠시 들렀대요. 그들이 그랬어요. 언제까지 여기 있을 거냐고요.

　난 처음부터 이곳 생활을 계획했던 건 아니었어요. 어느 날 일거리를 의뢰받고 돌아오는 중이었어요. 주차해 놓은 차로 가려고 길을 걷다 무심코 옆을 돌아봤는데 한 매장의 유리 진열창에 비친 나를 보았어요. 그때는 해가 질 무렵이어서 역광을 받은 유리면에 내 모습이 여러 실루엣으로 겹쳐있었어요. 눈 코 입과 머리칼도, 어떤 옷을 입었는지도, 어떤 신발을 신었는지도 제대로 구분할 수 없었어요. 내가 주체였음에도 나를 알아보기 힘들었어요. 알 수 없다는 무엇이 나를 툭 건드렸어요.

집으로 돌아왔고 진행할 일의 기한을 다시 확인했어요. 마무리 지을 기간은 충분했고, 내가 하는 일은 어느 곳에서도 혼자 할 수 있기에 문제 될 건 아니었어요. 다음날 간단한 짐을 챙겨 집을 떠났어요. 처음부터 특정한 목적지를 정했던 건 아니에요. 차를 달리다 들른 휴게소의 관광안내도에서 이곳 지명을 보게 됐어요. 정안시靜安市. 세 음절의 평범한 고유명사였지만 그때의 나에겐 아주 특별하게 다가들었고 한동안 머무를지 모른다는 막연함이 들었어요. 이곳에 도착해서 하루를 호텔에 머물며 그 느낌은 실체를 굳혔어요.

다음날 부동산중개소를 들렀어요. 마침 마땅한 곳이 두 군데 있었어요. 한 곳은 오피스텔이었고 다른 한 곳은 아파트였어요. 오피스텔은 세입자가 한 달 후에나 이사를 나간다고 했으니 해당이 되지 않았어요. 아파트는 월세로 내놓았는데 마침집이 비어있었고 단기 계약도 가능하다는 게 좋은 조건이었죠.

그 집에 살던 사람은 곧 결혼하게 되면서 배우자 될 사람 집으로 이미 옮겨가 있는 상태였어요. 새로운 입주자가 나타나면 곧 나머지 짐들을 빼겠다고 했어요. 사용하던 침대며 냉장고 세탁기 등 덩치 큰 가전들이 필요하다면 줄 수 있다고도 했고요. 그 사람으로선 사용하던 걸 처리하려면 비용이 들면서 번거로울 테고, 나 또한 어차피 장만할 걸 공짜로 얻었으니 서로 좋은 거죠.

계약하고 이틀 후에 짐을 풀었어요. 뭐 짐이랄 것도 없었어요. 일주일이나 열흘가량 바람 쐴 겸 어디론가 둘러볼 요량이었으니 옷가지 몇 벌 정도였죠. 막상 짐을 풀자 따로 마련할 게 있더군요. 웬만한 살림 집기는 마련되었어도 자잘한 살림살이가 필요했어요. 다시 돌아갈 때는 재활용품으로 내놓거나 새로운 입주자가 사용한다면 그대로 두고 가겠지만 일단은 필요하니까 발품을 팔며 사들였어요. 그런 행위들이 새로운 공간에서의 생활에 명분을 확보했어요.

살던 곳을 떠나 잠시 머문다고 하지만 생활하다 보니 그렇지만도 않았어요. 따지고 보면 공간만 옮겨 앉은 거지 일상의 조건들은 마찬가지였죠. 가까이서 직접 대하지 않을 뿐 주변 지인들과의 관계나, 먹고 살기 위한 고정된 일거리 작업을 하는 것도 여전하니까요. 끼니를 챙기고 청소와 빨래를 하며 하루치의 시간을 적절히 안배하면서 지나야 했고요.

이곳 생활에 대체로 만족해요. 오랫동안 길들었던 공간을 잠시 벗어나 보는 것도, 나를 전혀 알지 못하는 곳에서 지내보는 것도, 우연히 어떤 사람들을 알게 되는 것도 나쁘지 않아요.

아, 잠깐만요. 꼭 받아야 할 전화가 오고 있어요. 다시 전화할게요.

♣

도영은 허리를 곧추세우고 귀한 전언이듯 경건하게 여자의 말을 들었다. 잠시 통화가 멈추자 느슨해지며 침대에 벌렁 누워버렸다.

여자도 도영처럼 살던 곳을 떠나 낯선 곳으로 왔다는 사실에 유대가 더하며 가슴이 따뜻해졌다. 얼마 후면 떠난다는 말이 걸리지만 현재는 같은 지역에 함께 있다는 사실 만으로 좋았다. 한편으론 민망했다. 여자의 하루는 흔들림 없이 평온했는데 자신은 안달하며 조급했다는 게.

침대에서 일어나 컴퓨터 전원을 켰다. 혹시 잊을 수도 있어 여자가 했던 말을 써놓기 위해서다.

그녀는 낯선 곳으로 무작정 떠나왔다. 어느 날 우연히 마주친 자신의 흐릿한 모습 때문이었다. 그간 정주했던 익숙한 공간에서의 떠나옴은 또 다른 낯섦의 틀을 새롭게 대하는 것이었다. 관광안내도 앞에서 낯선 지명을 보며 한 기간이 머물 거라는 생각이 들었다.

도영은 입력한 문장을 다시 읽어보며 어느 날 예기치 않게 다가든 여자의 무게가 문득 짚어졌다. 여자는 어쩌면 구름이 많이 끼어 흐린 날, 사이를 뚫고 나온 무심한 한때의 햇살 같은 걸까, 잠시 스치는 어지러운 빛의 산란 같은 걸까. 만약 그런 거라면… 이미 발길이 들어섰는데 미처 볼 수 없었던 차가운 유리면이 놓여 있다면… 혹여 그게 깨질까 불안해지는 거라면 어찌할까.

도영만의 그런 불안함이 확실시될지는 알 수 없으나 그럴 수도 있을지 모른다는 생각이 들자 심경이 아주 쓸쓸해진다. 아무래도 여자를 향한 마음이 이미 깊어진 것 같다.

여자에게서 다시 전화가 걸려 왔다.

♣

생활의 속성이란 늘 무언가를 소비하고 채워야 하는 지속의 과정이더군요. 필요한 것들을 그때그때 채우는데도 어느 날 보면 한꺼번에 빌 때가 있어요. 며칠 냉장고에 있는 음식만 꺼내 먹었더니 바닥이 났어요. 새로 음식을 하려고 보니 양념들도 없는 게 더 많았고 생필품도 여러 가지가 비어가기에 장을 봐야 했어요.

사는 곳에서 십 분쯤 걸어가면 큰 마트가 있어요. 아파트 정문을 나와서 길을 건너기 위해 건널목에 서 있었어요. 학교 수

업이 끝났는지 가방을 멘 초등학생 아이들이 우르르 와 섰어요. 지내고 있는 아파트의 세대 수는 천 가구가 넘고 단지 안에 초등학교도 있을 만큼 대단지예요. 학생들의 많은 수가 아파트 주민이지만 행정 학군이 같은 곳에 속한 주변 아파트에서도 다니는 아이들이 꽤 있어요. 그 아이들이 하교할 때면 아파트 정문 앞 건널목에 올망졸망 모여 있더군요.

옆에 선 남자아이가 있었어요. 키나 체구를 보니 아기 티가 남아있어서 몇 학년이냐고 물었더니 까만 눈망울로 쳐다보며 1학년이라고 했어요. 그 말에 잠깐 둔탁한 게 가슴을 내리눌렀어요. 살면서 그럴 때가 간간이 있는데 그러면 꽤 쓸쓸해져요.

아이는 제 몸 반만 한 크기의 가방을 메고 있었는데 어깨에서 흘러내렸어요. 나를 의식했는지 제법 힘을 쓰며 가방을 추켜올렸어요. 이것 봐요, 나 힘세죠? 라는 으스댐이 배어 나왔어요. 나는 아이의 의도가 짚어져 한껏 과장된 말과 표정으로 엄지손가락을 추켜 주며 말했어요.

와, 너 힘이 세구나! 멋있어!

아이의 표정이 뿌듯해지더니 만족한 웃음을 씨익, 웃었어요. 어찌나 귀여운지요. 남의 아이가 아니라면 껴안고 엉덩이를 툭툭 두드려 주고 싶었어요.

문득 아이의 엄마는 누구일까, 궁금해지며 알지도 못하는 사람이 부러웠어요. 아이 엄마는 그런 아이를 매일매일 바라보며 눈에 담을 테고, 엄마, 엄마 부르는 낭랑한 소리를 매일매일 들을 테고, 품에 안기는 말랑한 촉감과 체온을 오롯이 느낄 테고, 온전한 실체의 부모 자식이라는 단단한 고리로 연결되어 이어질 거잖아요. 그런 생각이 들자 가슴이 휑해지면서 심장에 날카로운 모서리의 뭔가가 세게 부딪치듯 아렸어요.

그 심정은 마음속의 손이 되어 아이가 멘 가방을 대신 들어주었어요. 흐트러진 앞머리를 가지런히 쓸어 넘겨주었고 급식 우유를 마시고 제대로 닦지 않아 입가에 묻은 허연 흔적도 닦아주었어요. 점퍼 앞자락이 열려 있기에 찬바람이 들어가지 않도록 여며주었고 고사리손도 잡아보았어요. 손안에 들어차는 말랑하고 따뜻한 감촉이라니⋯. 아, 상상만으로도 좋아서 눈물이 날 것 같았어요.

신호가 바뀌었어요. 아이의 종종거리는 보폭에 맞춰 걸으면서 건널목이 더 길기를 바랐어요. 그런데 말이에요. 아이가 갑자기 엄마! 크게 부르는 거예요. 그 소리에 화들짝 놀라 휘둘러 보니 건너편에서 한 젊은 여자가 아이를 향해 손을 흔들고 있더군요. 아이가 큰 소리로 다시 엄마를 부르며 걸음을 빨리하는가 싶더니 냅다 달려서 팔 벌린 젊은 여자 품에 안겼어요. 조금 전 내가 마음속의 손으로 아이의 가방을 받아들었듯 아이 엄마는 현실의 생생한 손길로 가방을 벗겨 들었어요.

나는 그들이 정겹게 손을 잡고 사는 아파트로 들어가는 모습이 보이지 않을 때까지 도로에 멈춰서 하염없는 눈길로 바라보았어요. 신호가 바뀌어도 내가 움직이지 않자 마주 오던 차량이 경적을 울려서야 건너왔어요. 하늘을 쳐다보았어요. 늦가을 하늘이 왜 그리 푸른지요. 햇살은 왜 그리 맑고 환한지요. 눈을 깜박이지 않고 어느 곳을 계속 볼 때처럼 시리더니 급기야 눈물이 주르륵 흘렀어요.

♣

도영은 의아했다. 여자는 나이가 적진 않아 보여도 결혼은 안 한 듯도 한데… 잠시 지나치는 남의 아이를 보며 애절할 건 뭔가. 주변에서 자주 볼 수 있는 젊은 엄마와 어린 자식이 함께 있는 풍경이 뭐 그리 대단한 발견인 듯 그러는 건가, 그리고 엄마라는 소리가 놀랄 일인가, 이해되지 않았다.

그런데 어떤 감정이 후려치듯 달려들었다. 희미한 흔적의 갈피를 들썩거렸을 때처럼 도영에게서도 엄마라는 말이 더듬어지고 있었다. 당황스럽다. 엄마… 누구나 당연하면서 흔하게 사용하는 말이었으나 도영에겐 오랫동안 버려졌던 단어였다. 새삼스럽게 그 단어가 떠올랐다는 자체에 기분이 확 가라앉는다.

여자의 말은 다시 이어졌다.

♣

어제는요, 밤 열 시가 다 됐는데 문득 바깥 공기를 쐬고 싶었
어요. 마침 우유도 떨어졌기에 핑계 삼아 밖으로 나왔어요. 아
주 늦은 시간도 아닌데 도로나 주변은 어느새 차량 왕래나 인
적이 뜸했어요.

아파트 정문 앞길 건너에 있는 편의점에서 우유를 사 들고
나와선 좀 더 걷고 싶어 가로등이 불 밝힌 대로변을 돌아 천천
히 걸었어요. 밤 기온이 좀 찼지만 걸을 만했어요. 지나치는 한
승용차의 뒤꽁무니 한쪽 등이 고장 났는지 외눈박이 흐린 빛이
어둠 속으로 천천히 사라졌어요.

정문 부근에 왔을 때 한 남자가 쭈그리고 앉아있고 술에 취
했는지 더러 상체가 흔들렸어요. 귀에 전화기를 대고 있었는데
통화 중이었나 봐요. 상대가 말하는 걸 듣고만 있는지 아무 말
이 없다가 내가 앞을 막 지나치는데 울먹이는 말이 들렸어요.

그러지 마…. 그러지 마….

이상했어요. 남자가 크게 소리 내지 않았는데도 왜 절규 같
이 들렸을까요. 남자는 이어 누군가의 이름을 몇 번이나 부르

더니 전화기를 늘어뜨리고 떼 부리는 아이처럼 소리 내어 울었어요. 깊은 밤 대기로 허엉거리는 목쉰 울음이 아프게 흩어졌어요.

내 식대로 짐작해본다면 남자는 연인이거나 가족이거나 친구를 잃은 걸까요. 어떤 이유든 소중한 한 세계를 잃어버리는 건 가혹함이죠. 나는 남자에게 내 발소리가 들릴까 봐 발꿈치를 들고 조심조심 지나쳤어요.

몇 발자국 걸어왔을 때 어둠 속에서 울고 있는 남자를 돌아보며 문득 내가 알고 있는 이들의 안부가 궁금해졌어요. 모두 안녕한지. 그들도 내 안부를 궁금해할까. 내가 안녕한지. 물어보고 싶어 전화기를 꺼냈으나 막상 어디에 전화할지는 알 수 없었어요. 걸음을 멈춘 채 깊은 어둠 번지는 세상을 물끄러미 보았어요. 그러자 나야말로 막막해서 엉엉 우는 남자처럼 그렇게 소리 내어 울고 싶었어요.

♣

밤길에서 마주친 누군가가 이별한 것 같다는 여자의 말속에 쓰라림이 가득했다. 슬픈 감정이 도영에게도 전해질 정도였다.

"슬픈가요?"

도영이 조심스럽게 물었다.

"……."

여자는 말이 없다가 대답했다.

"그렇게 들리나요?"

"네. 이별한 당사자인 줄 알겠어요. 하~."

도영은 별생각 없이 짧게 웃었다. 하지만 여자는 진지하게 되물었다.

"그 남자는 정말 이별했을까요? 정말 누군가와 통화를 했을 까요? 어쩌면 말이에요. 대상 없는 빈 통화를 한 건 아니었을까 요? 아무리 걸어도 받을 수 없는…."

"왜 그런 생각을 해요?"

"남자는 아예 전화기를 켜지 않았던 게 아닐까 해서요. 가 닿을 수 없는… 나도…"

전화기 너머로 갑자기 어떤 소리가 왁자하니 들렸다. 언뜻 언뜻 들리기로는 층간소음에 주의해달라는 것과 이웃을 배려 해서 화장실이나 발코니에서 담배를 피우지 말라는 내용이었 다. 여자가 사는 아파트의 관리사무소에서 하는 방송이었는 데, 조용조용한 여자의 말은 거기에 뒤섞여 잘 들리지 않았다.

밖은 어둠이 짙어갔다.

12

　도영은 무언가에 심하게 짓눌렸다. 화들짝 눈을 떴다. 정신
은 또렷한데 몸을 움직일 수 없었다. 형체가 불분명한 검고 불
길한 무엇이 타고 앉아 눌러댔다. 어둠 속에서 수많은 촉수를
대며 가차 없이 빨아들이려고 했다. 비명을 질러도 소리가 나
오지 않고 움직일수록 짓눌림은 강해졌다. 한참 용을 써서야
겨우 벗어날 수 있었다. 흘린 진땀이 흥건했다.

　평소에도 자주 가위눌림이 덮쳤다. 아마도 안정되지 않은
현실의 불안한 심리 때문일 것이다. 전혀 슬프지 않은데 눈물
이 차올랐다가 주르륵 흘러내렸다. 도영은 옆으로 돌아누우며
흐른 눈물을 베개에 비비적비비적 문질렀다. 손으로 닦아내면

처지가 정말 한심할 것 같았다.

　원룸 안의 공기가 싸늘했다. 코안이 매큼하며 머리가 지끈거렸다. 한기가 들고 목이 따끔거리며 밭은기침이 나왔다. 매일 잠에서 깰 때면 갖는 증상이었다. 자기 전엔 추워서 머리까지 이불을 뒤집어쓰건만 자는 동안 답답하니까 걷어내면서 찬기운에 노출되었다.

　침대에서 일어났다. 수건으로 얼굴과 목덜미의 땀을 닦고 한기 때문에 점퍼를 걸쳤다. 포트에 물을 끓여 컵에 담아 창가로 왔다. 여자의 말을 듣고 난 후부터 매일 잠자리에서 일어나면 따뜻한 물 한 잔을 마시게 됐다. 여자가 하는 것들을 같이 해 보고 싶었다.

　도로는 날이 채 밝지 않아 가로등이 켜진 상태였다. 실비가 내리는지 창틀 난간에 빗방울이 매달렸고 도로가 번들거렸다. 가로등 갓의 반경 그림자가 물기 어린 바닥에 불그스름한 형태를 만들었다. 불빛 무리가 비에 겹치며 실안개 자락으로 얇은 막이 되어 퍼졌다.

　사위는 도통 어둠이 걷힐 것 같지 않다.

♣

    식당 일을 끝내고 왔다. 일하는 내내 머리가 지끈거리며 한기가 들었다. 새벽에 안 좋은 상태로 잠을 깨선 제대로 자지 못해 피곤한 데다, 고깃집의 추운 천막에서 몇 시간 동안 맡고 있었던 냄새 때문일 것이다. 감기 기운도 겹쳤다. 우선 집에 있는 진통해열제를 먹었다.

    일찍 침대에 누웠다. 온기 없는 이불 속이 썰렁했다. 뜨끈한 온도가 그리웠다. 잘 데워진 이불 속으로 들어가면 몸이 녹작지근하니 녹아드는 감각이 되새김 됐지만 바람일 뿐이다. 보일러를 가동하고 싶어도 돈이 문제다. 한겨울도 아닌데 벌써 켜면 빠듯한 생활비론 감당이 어렵다. 전기장판을 마련해야 하나 어쩌나, 가격이 만만치 않을 텐데… 통장에 든 돈을 헤아려 보지만 뭉텅이 돈을 지출할 수 없을 뻔한 금액이다.

    심란해서 몸을 잔뜩 웅크리는데 여자에게서 전화가 왔다. 반사적으로 벌떡 일어났다. 오늘도 생각지 못한 선물을 받은 기분이다. 조금 전까지 쳐졌던 몸은 언제 그랬나 싶게 튀어 올랐다.

    "혹시 자는 건 아니었나요?"

    "아니요!"

    "자는 걸 깨운 거라면 어쩌나 했는데 다행이에요."

"항상 늦게 잠들어요. 아무 때고 전화해도 괜찮아요!"

도영의 말에 아까와 달리 환한 생기가 돌았다.

♣

동네엔 간이역이 있어요. 지내는 아파트에서 동쪽으로 위치했는데 차로는 3, 4분가량 걸리고 날씨가 좋을 때 산책 삼아 천천히 걸으면 20분쯤일 만큼 가까워요.

정안시는 구도시와 새로 형성된 신도시로 구역이 구분되는데요. 역이 있는 지대는 신도시에 속해있어요. 예전엔 도시의 오지였을 만큼 높은 산자락에 둘러싸여 본래의 시가지에서도 뚝 떨어진 곳이었대요.

역 주차장에서 내려다보이는 신도시는 겹이 진 꽃 모양으로 입체적이더군요. 그 안에 수많은 건물과 도로가 획일적으로 펼쳐진 정경은 홀연히 나타난 신기루 같아요. 그 속에 나도 하나의 대상으로 존재한다는 게 실감이 안 되지만, 뭐 그런 맥락이라면 어느 곳에서든 그렇지 않을까요.

산자락 중턱에 자리한 간이역은 풍광이 아름다운 장소로 선정되어서 사진작가들이 많이 찾는다고 해요. 일제강점기부터 있었다는 역사驛舍는 당시의 건축 형태를 그대로 유지하고 있어서 역사적 가치도 높다더군요. 봄날이면 수령 오래된 벚나무 군락으로 주변이 온통 황홀경이라고 해요. 봄바람에 꽃잎이 날리면 이곳 너머의 어디론가 떠나있는 것 같다고도 하고요. 여름이면 아담한 역사는 짙푸른 녹음 우거진 나무들에 둘러싸여 동화 속에나 나올 호젓한 산속 오두막에 있는 것 같대요. 나는 봄과 여름날의 정경을 못 보았으나 인터넷에서 검색한 내용이 그래요. 그 계절의 풍경 사진들을 보면 정말 아름답더군요.

가을 풍경은 직접 볼 수 있었는데 역시 아름다워요. 역사를 둘러싼 나무들에 가을 색이 물들면 주변은 온통 노랗고 붉은 화려한 색채의 향연장이 되죠. 주차장은 지금까지도 시멘트나 블록으로 포장되지 않은 흙바닥이에요. 오랫동안 그대로인 노면은 곳곳에 골이 져서 울퉁불퉁해요. 오가는 차량이며 사람들 발길에다 비, 눈, 바람 등 계절의 기후로 풍화된 자연스러움이 정겨워요.

백 년이 가까운 역사로 들어가려고 출입문을 옆으로 밀 땐, 시간의 더께로 변형된 나뭇결과 문틀 레일이 뻑뻑해서 두 손에 힘을 주어야만 하죠. 안에는 승객들이 앉아 기차를 기다릴 두 개의 긴 나무 의자가 있어요. 창틀에는 세월의 흔적이 오롯한데, 손 닿기 어려운 좁고 구석진 곳의 제대로 제거되지 않은 오래 각화된 먼지 흔적이 정감을 더하죠. 한쪽에는 좋은 글귀가 적힌 포켓 문고 몇 권이 꽂힌 아담한 책꽂이가 있고, 벽에는 간이역이 지나왔던 오랜 시간의 흑백풍경 사진이 연대별로 걸렸어요.

기차가 도착할 때면 안내방송이 흘러나와요. 삐걱대는 문을 열고 승강장으로 나오면 농담을 달리해 그린 산수화 같은 높고 긴 산자락이 펼쳐있어요. 철로가 쭉 뻗은 건널목 양편으론 많은 꽃이 심겨있고, 저만치 떠나가는 기차의 소실점이 되어버리는 곳은 아스라해서 비현실적인 지점이 되죠.

기차가 도착하면 어딘가로 갔다가 돌아오는 사람들이 역사로 걸어오거나 어딘가로 가기 위해 떠나는 사람들이 역사를 뒤로하며 같은 공간에서 섞이죠. 그들이 기차나 역사로 제각기 자리를 찾아 들어가면 잠시 정차했던 기차는 맞은편 소실점을 향해 다시 떠나죠. 안내봉을 흔들며 승하차객들을 안내하던 역무원도 역 주변의 안전상태를 천천히 돌아본 후 역사로 들어가고요.

모두 떠나고 없는 간이역의 승강장은 자연이 흘려보내는 무연의 고요만 머물러요. 그러면 나는 배웅할 사람도 마중할 사람도 없는 그곳에서 누군가 들의 쓸쓸함을 떠올려요. 그들이 안고 있을 홀로라는 결핍을요.

아, 잠깐만요!

♣

　여자는 하던 말을 멈추었다. 움직이는지 전화기에서 슬리
퍼 끄는 소리가 났다. 뒤이어 그릇을 가볍게 마찰하는 소리
도 났다.

　도영은 전화기를 든 채 쪽창 앞으로 와서 담배를 피워 물었
다. 사위는 고요했다. 간간이 어느 세대의 현관문 여닫는 소리
와 복도를 지나는 발걸음이 적막 속으로 파고들었다.

　원룸 건물은 ㄴ자 형태로 지어졌다. 도영의 공간에선 오른
쪽에 있는 다른 원룸들을 볼 수 있었다. 블라인드나 커튼을 치
지 않은 불 밝힌 타인의 공간 내부가 또렷했다. 침대를 놓고 나
면 움직일 반경이 몇 발자국인 동선에서, 누군가는 서성였고
누군가는 무얼 하고 있었고 누군가는 침대에 누워 휴대전화나
텔레비전을 보고 있었다. 그들이 머문 작고 초라한 공간이 어
둠 속에서 산만하게 흩어진 섬들 같았다.

　도영은 일 년의 기한을 정하고 호기롭게 집을 떠나왔지만
아무 성과도 만들지 못했다. 동생 말처럼 애초 글을 쓰겠다는
자체가 현실에선 터무니없는 짓거리가 맞을 것이다. 지금이라
도 접고 예전의 시간으로 다시 들어가야 할까, 아니면 다른 무
엇을 새로이 찾아야 할까.

하지만 다른 길을 또 찾기엔 애써 찾아내서 명분과 의미를 실은 향망을 되돌리고 싶지는 않다. 기왕 시작했으니 조금 더 나가봐야 하지 않을까, 라는 질척한 미련이 자꾸 앞으로 나섰다. 그 때문에 막막한 처지를 자주 곱씹어야 하는 심경이 복잡했다.

전화기 속에서 슬리퍼 끄는 소리가 가까워지더니 여자의 목소리가 들렸다.

"아, 미안해요. 가스 불에 뭘 좀 올려났더니 끓어 넘칠 것 같아 불을 조절했어요."

여자의 말은 다시 이어졌다.

♣

지난번 파미르에 관한 이야기를 했죠. 현실을 잠시 잊을 만큼의 비현실감에 대해서요. 이번에는 현실적인 걸 얘기해볼까요.

파미르는 타자키스탄, 키르기스스탄, 아프가니스탄, 파키스탄, 중국, 인도 등 여러 나라에 걸쳐있어요. 동쪽의 중국과 신장위구르 자치주의 텐산, 타클라마칸, 쿤룬산맥과 히말라야 자락인 카라코람과 힌두쿠시산맥, 티베트고원이 사방을 에워싸고 있죠.

거칠고 높은 산맥과 황량한 사막에 둘러싸인 지형은 듣기만 해도 험난하겠죠? 그렇듯 파미르라는 공간은 쉽게 가닿기 힘든 척박한 환경이에요.

파미르는 봉우리의 기슭이라는 뜻을 지니고 있어요. 기슭이라는 단어의 기표와 기의가 품고 있는 비탈진, 고르지 않는 등의 안온할 수 없는 함의가 차 있죠. 그렇기에 제3의 극점이 머물거나 통과하는 곳일 수도 있겠고요. 맑고 고요한 햇살 속에서도 어느 순간 광풍이 몰아치고 한여름에도 눈이 내리듯 계절마다의 정체성은 언제든 뒤엉킬 수 있는 거죠.

하지만 꼭 극점의 굴레만 있는 건 아니에요. 또 다른 모습도 있죠. 해가 질 무렵의 그곳은 모든 것이 단순한 고요함으로 정지되어 있어서 아무도 그 안을 헤집을 수 없어요. 산봉우리에 머문 빛줄기는 가닥 가닥의 오색 빛 성채 무늬 기둥을 만들어요. 그때만큼은 그 공간이 지닌 극점의 굴레도 가닥 가닥에 스며들며 동화되는데, 찬란하고 깊은 광휘의 파장을 뿜어내죠.

가끔 많은 누군가 들이 지닌 기슭을 생각해요. 그들이 살아가는 중에 다가든 그것이 무엇을 향하려는지 제대로 짐작하지 못해 막막해하는 것을요. 가로막는 실체의 무거운 본질을 뚫고 나오려는 안간힘도요.

♣

여자와 통화를 끝냈을 땐 새벽 1시가 넘어있었다. 맞은편 원룸들도 대부분 불이 꺼졌다. 도영은 쓰고 있는 글의 파일을 열고 문장을 이었다.

그녀가 혼자 남은 공간은 고요했다. 그 안에서 그간 자신을 향했던 극점의 굴레를 어떻게 통과했을까. 아니면 지금도 여전히 굴레 속에 담겨있을까. 찬란하면서 깊은 빛줄기로의 향망을 꿈꾸면서.

도영은 잉크가 말라 잘 나오지 않는 펜을 눌러 쓰듯 자판의 문자를 꾹꾹 눌렀다. 여자의 말처럼 도영에게도 잔뜩 웅크린 극점의 굴레를 생각했다. 품고 있는 열망의 기표와 기의는 어떤 형태로 옥죄고 있는가도. 그 옥죔을 끝까지 안고서 계속 걸음을 옮기는 게 맞는 건지 잘 모르겠다, 고도 생각했다.

늦은 시각인데 문자 알람이 울렸다. 경주였다.

이번 주에도 못 갈 거 같아. 친척 행사가 있어서 시간 내기가 어려워.

경주는 지난번 왔다 간 이후 도영에게 오지 않았다. 매일 연락하던 예전과 달리 간단한 문자만 두 번 했다. 하루에도 수시로 해대던 전화와 문자는 간략하게 압축되거나 생략되었다. 짐작처럼 경주의 정황이 석연치 않은 건 확실했다. 그러나 내색할 수는 없었다.

알겠어. 잘 다녀 와.

도영은 담담하게 답했다. 앞으로 경주와의 관계에서 이보다 더할 상황도 염두에 두어야 한다고 마음 다잡았다. 그러면서도 긴밀하다고 여겼던 대상에게서 테두리 밖의 무게로 여겨져야 한다는 사실은 꽤 쓸쓸했다.

13

목덜미에 있는 장미 말이죠? 헤나 타투예요.

문신은 원시시대부터 행해졌다고 하니 오랜 세월 인간의 삶에 밀착되었더군요. 초기의 문신은 주로 외부로부터 자신을 보호하기 위해서였고 기원을 담은 주술적이거나 종교적 의미가 컸어요. 그리고 죄인이나 노예의 얼굴과 몸에 징표를 새긴 형벌로 도망가지 못하도록 하는 거였어요. 평생 지울 수 없는 낙인이었죠.

그러나 17세기 들어서면서 의미가 점차 달라지죠. 몸을 치장하는 장식용 문신이 유행했고 사회적 계급이나 지위를 나타낼 때 주로 사용했더군요. 인도에서는 신랑 신부의 손에 복잡한 그림을 그려 넣고 안에 상대의 이름 첫 글자를 숨겼대요. 서로가 한 몸이라는 상징이며 둘만의 고유한 결속 장치였겠죠.

인도나 네팔, 파키스탄, 이집트 같은 기온이 높고 건조한 곳을 원산지로 하는 '로소니아 이너미스'라는 나무가 있어요. 타닌산이 들어있는 이 나무의 잎을 말려서 추출한 염료를 헤나라고 해요. 사람들은 수천 년 전부터 그 재료를 가지고 모발 염색이나 미용 문신 등에 이용했고 꽃은 향수의 원료로 사용했대요. 살균효과가 있어 약재로도 쓰였고요.

이곳으로 오기 직전 어느 날 화원에서 푸른 장미를 봤어요. 일반적으로 장미는 붉고 노랗고 희거나 분홍색이 대부분인데 독특했어요. 화원 주인은 푸른 장미의 꽃말이 기적, 환상, 포기하지 않은 사랑이라고 했어요. 원래는 존재하지 않았던 종인데 원예 기술을 개발하면서 만들었고요. 그래서 기적이나 환상의 의미를 두나 봐요.

우리나라 색채 표현 중에 새파란 색을 쪽빛이라고 하죠. 그 색은 시원의 깊은 곳을 파고들어 그윽한 무언가에 닿게 해요. 쪽이라는 식물에서 추출한 염료인 쪽물에 천을 담가 물을 들인 후 줄에 매달아 말리는 걸 본 적이 있어요. 얇은 천의 올 사이사이로 햇살이 투영되었는데 마치 깊고 푸른 바다 밑에서 수면 위에 어른거리는 햇살을 보듯 환각 같았어요.

푸른 장미는 그런 색채의 꽃잎이 겹겹으로 둘러있었는데 그

걸 보면서 가슴 깊은 곳에 화한 박하 향이 거세게 휘돌았어요. 내내 누르고 있던 어떤 것이 한순간 푹 터져버리는 것도 같았고요.

다음 날 오랫동안 길렀던 머리를 짧게 잘랐어요. 두상이 다 드러나도록요. 가윗날이 움직일 때마다 머리칼들이 바닥에 떨어져 쌓였어요. 미용사는 연신 아까워했지만 정작 나는 설렜어요. 머리칼이 잘려 드러날 목덜미에 어떤 징표를 담을 수 있다는 것에요.

미용실을 나와 곧장 헤나 가게를 찾았어요. 주인은 여러 도안을 보여주었어요. 첫눈에 들어온 게 장미 문양이었죠. 가느다란 줄기에 두세 개의 여린 이파리가 엇갈려 매달렸고 열릴 듯 말 듯 한 봉오리가 눈길을 잡았어요. 그곳에서 목덜미에 푸른색의 장미 문양을 새겨 넣었어요.

푸른 장미의 징표가 박힌 목덜미는 나임에도 내가 볼 수는 없어요. 그러나 짧은 머리로 훤하게 드러나 많은 사람은 볼 수 있듯, 나와 아주 긴밀한 그들이 어디서든 확연히 볼 수 있을 거라 여기고 싶었어요. 기적이라는 꽃말을 가진 푸른 장미를 담고 있으면 그들이 실체를 드러낼 것 같아서요. 그 바람이 실현 불가능하다는 걸 알면서도 간절히 믿고 싶거든요.

♣

　무얼까… 여자의 말은. 도영은 짐작하기 어렵다.

　허망한 바람인 줄 알면서 오랫동안 기른 머리를 단호히 자르고 피부에 상처를 내면서까지 문신을 새겨 넣는 간절함은 어떤 걸까. 쉽게 지워질 수 없는 표식을 몸에 심고서 긴밀한 이들에게 드러나길 바라는 기적은 무엇일까. 알고 싶으나 선뜻 알려주지 않는 내막을 들여다보려는 건 무례인 것 같아 자세히 묻지 못했다.

　하지만 오늘, 여자는 그에 관한 얘기를 할 것 같다는 느낌이 든다. 그러면 얘기가 길어지지 않을까. 지난번처럼 자정을 훌쩍 넘길지 모른다는 생각이 들자 도영은 가슴이 부푼다. 직접 얼굴을 볼 순 없어도 함께 오래 호흡을 나눌 수 있다는 것에 이야기의 시작도 전에 포만감이 든다.

♣

　소설을 쓰겠다고 했죠?

　소설은 어떤 걸까요? 평범한? 아니면 특별하거나 기구한?

실제로 일어날 수 없는? 또는 환상적인?

아무려면 어떻겠어요. 살아가는 자체가 누구도 대신 살아줄 수 없는 자신만의 이야기인데. 타인들의 이야기는 흥미로울 때가 많죠. 그렇기에 사람들은 그 세계로 들어가서 귀를 열고 들으려는 거겠죠.

자, 그럼 소설적인 이야기를 한다면 어떤 얘기를 먼저 해 볼까요. 음… 우선 한 사람에 관한 게 좋겠군요. 우리 모두 개별인 한 사람이라는 범주일 테니까요. 그러면 한 사람의 아이 때 시점부터 시작해야겠어요.

일곱 살 아이가 있었어요. 어부였던 아버지는 여름 어느 날 바다에서 조업하다 같은 배의 선원에게 목이 졸려 살해당했어요. 아버지와 상대 선원 간에 어떤 문제가 있었고 상대는 앙심을 품고 무방비로 잠들었던 아버지에게 치명타를 가한 거죠. 그때 아버지의 나이 스물아홉이었고 어머니는 스물일곱이었어요. 동생은 막 젖 뗀 네 살이었고요.

아버지가 사라진 후 작은아버지는 장사를 하겠다며 할아버지가 지닌 땅을 팔아달라고 수시로 찾아와서 생떼를 부렸어요. 할아버지는 들어주지 않았어요. 가장이 사라진 맏아들네의 젊은 며느리와 어린 손자들 앞날을 생각해서 그럴 수 없었어요.

작은아버지는 행패가 먹히지 않자 아이의 어머니인 형수에게 패륜의 악다구니를 쳐댔어요. 술만 취하면 집안의 물건과 방문을 때려 부수었고 형수에게 폭행을 가했어요. 형수를 쫓아내야만 할아버지가 지닌 땅을 맘대로 처분할 수 있다고 여겨서였죠.

어머니는 툭하면 자다가도 술 취한 작은아버지에게 멱살 잡혀 마당으로 끌려 나갔어요. 흙바닥에 팽개쳐졌고 맞느라 옷이 찢어지는 건 다반사였어요. 얼굴과 몸에는 상처와 멍 자국이 지워질 날 없었고요.

옆에서 자다 깬 어린 남매도 어두운 밤에 어디론가 도망 다녀야 했어요. 이웃 사람들은 처음엔 딱한 마음에 어머니와 남매를 숨겨 주었으나 나중엔 그러지 못했어요. 작은아버지의 행패가 시작되면 모두 대문을 걸어 잠그며 불을 껐고 어린 남매가 문을 두드려도 모른 척했어요. 몇 번 숨겨 주었다가 작은아버지가 칼을 들고 와서 휘두르는 행패에 기겁했거든요.

그날도 작은아버지의 횡포에 식구들은 자다가 뿔뿔이 달아났어요. 어머니는 맞다가 간신히 도망쳤고 아이는 겁에 질린 동생을 데리고 뒤란 구석으로 간신히 숨어들었어요. 평소에 눈에 잘 뜨이지 않는 곳이었지만 들킬까 봐 조마조마했어요.

작은아버지는 어머니와 남매를 찾느라 씩씩거리며 뒤따라왔어요. 다 죽이겠다며 손에 낫을 들고 있었는데 밝은 보름달 아래 시퍼런 낫날이 주는 공포는 어떤 말로도 표현할 수 없었어요. 아이는 금세라도 날카로운 낫날이 찍어 내릴 것 같아 간이 오그라들었어요. 숨소리마저 들릴까 숨을 참느라 가슴이 터질 것 같았고요.

그런 중에도 작은아버지의 거친 욕설이 동생에게 들리지 않게 귀를 막아주며 서슬 퍼런 낫날을 보지 못하게 동생의 얼굴을 가슴에 껴안았어요. 아이도 덮치는 공포와 두려움에 죽을 거 같은데 정작 아무에게도 기대지 못했어요.

한참 포악을 떨던 작은아버지가 뒤란을 나가고 나서야 아이는 겨우 안도하며 땅바닥에 주저앉았어요. 겁에 질려 지린 오줌으로 바지는 젖어있었고요. 아이의 어린 시절 밤들은 그렇게 늘 불안과 공포였어요. 언제 작은아버지가 행패를 부리며 들이닥칠지 몰라서요.

아이에게서 가정이라는 틀은 굳건할 수 없는 허막虛幕이었어요. 중력을 제대로 받을 수 없는 퍼석한 모래 위의 위태로움이었고 수없이 허물어지는 황포한 구조물에 깔려야만 했어요.

어때요? 이런 사연은?

♣

새벽 4시 무렵의 사위는 고요했다.

도영은 잠들지 못했다. 한참 전에 끝난 여자와의 통화가 아린 여운으로 남았다. 누군가의 사실일지 지어낸 허구일지 모호한 이야기가 무거웠다. 누군가에게 가정이라는 틀은 허막이며 모래 위의 위태로움이라는 것에 감정이 뒤섞이며 아팠다.

창밖은 아직 어둠이 짙었다. 미처 잠 깨지 않은 세상 속에서 하루를 일찍 시작하는 기척들이 지나갔다. 큰길의 가로등 불빛에 환경미화원들이 야광조끼를 입고 점멸등을 단 수레에 청소도구를 담아 끌고 지나가는 게 보였다. 아버지가 쓰린 감각으로 스쳤다.

도영은 가족이라는 사전적 의미를 떠올렸다. '혈연, 인연, 입양으로 연결된 일정 범위의 사람들(친족들)로 구성된 집단'. 한 줄의 문장은 단순명료하기 그지없었다. 하지만 실제 가족이라는 집단의 속성은 단순하지 않았다. 구성원 서로에게 상처나 혹은 위안과 힘을 수없이 주고받으면서 끈끈한 유대와 애증의 관계 틀에 묶인 복잡함이었다.

도영에게 가족은 언제나 애증의 덫이었다.

♣

도영의 아버지는 환경미화원이었다. 새벽 세 시면 일하러 나갔다. 쓰레기를 옮기는 과정에서 봉지가 터져 오물이 쏟아지거나 묻는 일들이 다반사였다. 쓰레기봉투가 터져 비어져 나온 내용물은 악취를 풍겼다. 흘러나오는 액체에 어른거리는 파리떼는 혐오였다.

그 속에 아버지의 일상이 있었다. 일과가 끝나고 돌아온 아버지에게선 시큼하거나 퀴퀴한 냄새가 배어 나왔다. 씻어도 없어지지 않았다. 도영은 아버지가 곁에 있는 게 싫었다. 냄새가 옮을 것 같았다. 함께 밥을 먹을 때면 냄새가 코에 감겨 밥맛이 달아났다. 지금도 아버지를 떠올리면 어린 시절 후각에 각인된 그 냄새가 먼저 와 닿는다.

아버지는 가족들이 자신이 하는 일을 경시한다는 걸 알면서도 천직이라고 여겼다. 배우지 못하고 장애마저 지닌 하찮은 자신에게 그 일만이 아내와 자식을 건사하며 부양할 수 있는 유일한 동력이라고 믿었다. 그건 아버지를 오래도록 지탱하게 한 힘이면서 짓누르는 강박이며 낙인이었다.

아버지는 미화원 일을 오래 하고 싶었지만 바람은 이루어지지 않았다. IMF 이후 젊은 사람들에게 밀려나는 것도 있었고 또 다른 사정으로 그만두어야 했다. 지금은 18평형의 두 동뿐인 소형아파트에서 외부 용역에 속한 계약직 청소부로 지낸다. 언제든 해고 지시가 떨어지면 일자리를 잃는 불안정 고용 노동직이다.

그래도 열심히 일했다. 비가 오고 눈이 내리고 거센 바람이

125

불어도 아파트 외부를 말끔히 청소하며 정비했다. 쓰레기장에 쌓인 빈 상자의 테이프를 일일이 뜯어 정리하고 버려진 물건들을 재활용품과 쓰레기로 재분류했다. 얌체인 사람들이 음식을 배달시켜 먹곤 그대로 버린 걸 들다가 남은 국물이 몸에 옴팍 쏟아지거나, 종량제봉투를 사용하지 않고 버려서 더러운 쓰레기를 일일이 손으로 긁어모아 담았다. 무신경하게 버린 깨진 유리 조각에 손을 다쳐 손바닥을 여섯 바늘이나 꿰매기도 했다. 일부 몰상식한 주민의 무례한 하대에도 묵묵히 할 일을 멈추지 않았다. 그것만이 자신과 가족의 존재가치를 증명해 주는 거라 여기며 성실했다.

이젠 그마저 곧 그만두어야 한다. 치열한 경쟁 구도에서 힘좋고 젊은 사람들이 차고 들어왔다. 상대적으로 예순이 훌쩍 넘은 나이는 사회적 소용 가치 면에서 신뢰를 주지 못했다. 성실하게 열심히 해도 큰 의미가 될 수 없었다.

아버지의 한쪽 눈은 의안을 한 것처럼 잿빛이다. 아버지의 부모는 가난했다. 그래서 초등학교만 졸업하고 남의 집 허드레일꾼으로 갔다. 주인집 소를 돌보다가 들뛰는 소가 찬 뒷발에 눈을 맞아 시신경이 망가졌다. 시력이 거의 없어 흐릿한 윤곽으로만 어림짐작했다. 바라볼 수 있는 세상은 한쪽만의 제한된 물리적 시계視界 일뿐이다. 그러나 가슴을 관통하는 바라봄과 감응의 시계는 두 개 세 개의 넓고 깊은 눈이었다.

도영이 어렸던 시절의 동네 사람들은 아버지를 개눈깔이라고 공공연히 불렀다. 동네에서 도영의 집은 개눈깔네 집으로 통칭되었다. 사람들에게 그건 욕이 아니라 감 나무집, 배나무집 식으로의 단순한 구분일 뿐이어서 아무 오류가 없다고 여겼다. 그나마 경우를 지닌 사람들은 차마 앞에선 못 부르고 아버지가 없는 곳에서만 지칭했다. 아버지는 그리 대하는 게 불쾌할 텐데도 이런저런 반응 없이 무심한 척했다. 그래야 하는 속내는 한 귀퉁이가 뭉텅 잘리는 서글픔이었을 것이다.

동네 아이들도 야, 개눈깔 아들! 이라며 놀리면 도영은 분을 못 이겨 치고받는 싸움을 하느라 자주 코피가 터졌다. 낡은 옷은 싸움질하며 뒹구느라 흙투성이였고 찢어지기도 했다. 그런 날이면 어머니는 도영에게 징글징글한 종자새끼, 라고 악을 쓰며 등짝이나 머리통을 후려갈겼다.

도영이 아이들과 대거리하며 싸웠던 건 아버지 편을 들어서가 아니었다. 아버지의 눈은 왜 병신인가, 그런 사람의 자식이라는 게 수치스러웠다. 왜 하고많은 직업 중에 더러운 쓰레기 처리를 하는 건가, 다른 친구들 아버지처럼 회사에 다니거나 장사하며 농사를 지을 수도 있는데. 아버지의 몸에 배어 있는 더러운 쓰레기 냄새와 개눈깔 눈이 견딜 수 없이 혐오스러웠다.

싸움한 후면 저녁 늦게까지 집에 들어가지 않고 공터를 어슬렁거렸다. 공사를 하다 폐기되어 방치된 원통 배관으로 들어갔다. 공간이 좁아 등을 펴지 못하고 쪼그려 있어야 하지만 그곳만큼은 도영만이 지닐 수 있는 오롯한 공간이었다. 무시하는 사람들과 놀리는 아이들도, 병신이며 냄새나는 아버지도, 화를 내며 후려치는 어머니도 없이 고요했다.

그 속에 있다 보면 꼬리를 끌며 산봉우리를 넘는 해의 붉은 빛줄기가 배관으로 비쳐 들었다. 일몰 기척이 그 빛줄기에 서서히 내려앉으면 온 사위는 이내 검푸름으로 물들었다. 어린 도영은 그 풍경을 내다보면서 생각했다. 저 짙푸른 너머에 도영이 처한 현실과는 다른 어딘가가 있을 거라고. 그곳은 아버지의 장애와 사람들의 멸시는 없을 거라고, 아버지의 퀴퀴한 냄새와 가난도 없을 거라고, 어머니의 거친 악다구니와 가족의 불우함은 없을 거라고 간절히 바랐다.

하지만 맥이 빠졌다. 실현될 수 없는 요원함이라는 걸 잘 알기 때문이었다. 아버지를 놀리는 아이들을 상대로 안간힘을 썼다는 게 슬펐다. 결국은 무릎에 머리를 묻고 훌쩍댔다. 어린 가슴으로 불우한 슬픔의 무게가 짓눌렀다.

14

밖은 깊어가는 계절의 어둠이 잔뜩 포진했다. 도영은 담배를 피우려고 창가로 왔다. 쪽창을 열었다. 싸늘한 기운이 들어찼다. 담배를 꺼내 불을 붙였다. 들이마시고 내뿜은 연기는 바람결에 밖으로 빠져나가지 못하고 되들어왔다. 좁은 실내는 매캐해졌다.

전화벨이 울렸다. 여자였다. 반가워서 서둘러 담배를 끄려다 전화기 화면의 발신자 표식 위로 재가 뚝 떨어졌다. 바람결이 다시 훅 들어왔다. 재가 공중으로 후르르 날렸다.

♣

　지난번에 이어 아이 얘기를 더 할까요? 그 후 아이의 생활은 어찌 됐는지.

　아이의 어머니는 시동생인 작은아버지에게 폭력을 당하며 6년을 버티다 더 이상 견디지 못해 결국 어린 남매를 두고 떠났어요. 어머니가 떠나던 날은 비가 추적대며 내렸어요. 그날 새벽에도 작은아버지에게 끌려 나가 진흙탕에 나자빠지며 매를 맞았거든요. 맞느라 참혹해진 몰골에 찢어진 옷을 그대로 걸친 채, 낡은 보자기에 옷가지 몇 개만 꾸려서 비 오는 새벽 거리로 홀로 떠났어요. 아이가 따라가며 가지 말라고 애타게 불렀어도 외면한 채 빗속으로 잠겼어요.

　어두운 새벽 거리에 홀로 남은 아이는 가로등 아래서 하염없이 비를 맞으며 서 있었어요. 불빛 반경으로 빗금 치듯 내리는 빗줄기 속에서 그 모습은 이내 희부옇게 가려졌어요.

　어머니가 떠난 뒤 아이의 일상은 많이 달라졌어요. 이제는 아버지만이 아니라 엄마마저 없는 완전한 고아였어요. 아이는 측은해하는 사람들의 시선이 싫었어요. 그들 앞에서 눈물을 보이고 싶지 않아 고개를 꼿꼿이 쳐들며 등을 반듯하게 폈고 활짝, 활짝 잘 웃었어요. 굳이 웃어야 할 상황이 아닌데도 말이에요. 그건 불우한 처지를 감추기 위한 헛웃음이었을지 몰라요.

그렇게 해서라도 자존을 세우고 싶었던 거겠죠.

어느 봄날에 친척 집 행사에 갔을 때였어요. 모인 친척들은 어린 남매의 처지가 딱해 혀를 끌끌 차거나 눈물을 훔쳤어요. 아이는 동정이 싫어 동생을 데리고 밖으로 나왔어요. 동네 앞을 흐르는 강가에 쭈그려 앉아 엄마가 그리워 칭얼대는 동생의 등을 토닥였어요. 아이도 엄마가 사무치게 그리웠으나 어린 동생 앞에선 내색할 수 없었어요.

어린 남매가 있는 강 자락 언저리로 잔물결이 찰박이며 밀렸어요. 봄날 오후 햇살이 그 위에 윤슬로 곱게 내려앉았어요. 세상의 반짝임은 죄다 풀어 놓은 듯 아름다웠으나 남매에겐 가슴 저린 슬픔이었어요.

어디선가 날아온 꽃잎들이 물 위와 남매에게 내려앉았어요. 물에 뜬 꽃잎들은 제 자리를 맴돌다 곧 물속으로 잠겨버리거나 물살을 따라 흘러갔어요. 남매의 머리와 어깨로 내려앉은 꽃잎들도 잠시 머물다 바닥에 떨어져 흩어졌고요.

건너편 산자락으로 저녁 해가 쓸쓸히 저물자 갈 곳 없는 허허로운 심정에 아이는 서러웠어요. 그때 아이가 가졌던 서러움과 아픔은 이 세상에 어린 동생과 자신밖에 없다는 사실이 되어 하늘이 무너질 만큼이었을 테고 깊은 흉터로 남았겠죠.

아이의 나날은 온통 슬픔과 그리움이었어요. 그 해소를 강박적일 만큼 글자에 덧씌웠어요. 눈에 보이는 책과 신문지 조각만 있어도 박힌 글자를 읽으려고 눈을 밝혔어요. 그래야만 북받치는 슬픔과 그리움을 조금이나마 가라앉힐 수 있었거든요. 아무도 없는 고요한 공간에서 자신과 글자만 있다는 것으로도 위안이 되었어요.

특히 이야기의 세계는 많은 것을 품으며 다가들었어요. 아이는 그 속으로 스며들며 또 하나의 정체성을 찾아가기 시작했어요. 수많은 문장의 서사가 던지는 은유와 한 칸 한 칸의 자간과 한 줄 한 줄의 행간에 스민 비의가 아이를 어루만졌어요.

자, 어떤가요? 이런 이야기는?

이야기 속의 아이처럼, 삶을 살아가는 우리 모두 결국 다양한 서사 속의 존재들이죠. 그런 바탕이라면 환경으로 형성된 후천적 정체성을 지닌 사람들을 이해할 수 있을까요?

♣

도영은 여자의 이야기를 막연하게나마 짐작할 수 있다. 이야기 속 아이가 누구인지. 아이라는 삼인칭을 쓰고 있지만 그 지칭에 들어있는 의도적으로 객관화시킨 주체의 의미를. 객관화된 물상이 숨긴 비의의 조각들이 오히려 또 다른 주관화의 주체를 또렷하게 부각한다는 걸.

후천적 정체성… 도영은 가만히 뇌었다. 고유한 한 존재의 본질에 어떤 환경이나 상황의 영향으로 덧입혀진 걸 여자는 말했다. 도영은 정체성이라는 개념을 염두에 두어본 적 없었다. 책을 읽으면서 문장으로만 접했고 피상적으로 여겼을 뿐이다. 그런데 여자의 말에 덧입혀진 자신의 후천적 정체성은 어떤 걸까, 짚어보고 싶다는 생각이 들었다.

그리고 여자가 앞서 했던 말이 생각났다.

소설은 어떤 걸까요?

도영도 묻고 싶다. 특별한 경우뿐 아니라 모든 사람이 지나왔거나 지나고 있는 시간도 다 소설이 될 수 있을까, 라고.

♣

도영에게는 선천적으로 중증의 뇌병변장애를 지니고 태어난 남동생이 있었다. 의지와 상관없이 비틀리는 몸은 제 기능을 못 했다. 아슬아슬 흔들리며 곧 떨어질 선반의 물건 같았다. 배우지 못하고 가난한 부모는 특수교육은 엄두도 내지 않았다. 자식의 장애를 타고난 팔자로 치부하는 아버지와 화만 부글거리는 어머니의 무지로 방치되었다.

도영이 중학교를 졸업할 무렵이었다. 집에 혼자 있던 남동생은 불을 내고 말았다. 불길은 도영의 집은 물론 주인집과 세들어 살던 다른 집까지 피해를 주었다. 그로 인한 피해보상액은 집안 형편으로는 감당하기 힘들었다. 아버지는 환경미화원 일을 그만두면서 퇴직금으로 어찌 무마했다. 가정경제는 이만저만 타격이 아니었다.

불이 났을 때의 현장은 처참했다. 소방대원이 든 수관의 관창에서 뿜어져 나오던 거센 물줄기의 수압은 엄청난 공포였다. 맹렬하게 타오르는 붉은 불길을 향해 발사되던 물줄기가 닿는 곳마다, 낡은 집을 위태롭게 지탱하던 구조물들은 삭은 먼지로 풀썩, 풀썩 무너져내렸다. 골조만 남은 집안은 흉포한 짐승의 검은 아가리였고 도영의 가정은 그 안에서 형체도 없이 허물어졌다. 다섯 식구의 불우는 여전한 채로.

남동생은 불길 속에서 타죽었다. 새카맣게 그을려 소방수에 흠씬 젖어 뒹구는 주검은 한낱 전소물이었다. 불에 타느라 뜨거움에 얼마나 용을 썼는지 두 손을 얼굴에 바짝 댄 쪼그라진 모습은 타버린 나무토막과 다르지 않았다.

♣

이어서 이야기할까요. 이번엔 다른 시점을 펼칠 거예요.

아이는 자라서 성인이 되었어요. 이젠 그녀라고 불러야겠죠. 그녀는 자주 그런 생각을 했어요. 임신하고 싶다고. 길을 가다가도 임신부를 보면 멈춰서 시야에서 사라질 때까지 바라보았어요. 그건 제도 속의 결혼과는 별개였고 생물학적인 단순한 수태 욕구도 아니었어요. 지난날 억울하게 덮어써야만 했던 부모라는 큰 세계의 상실인 결핍이었어요. 또는 작은아버지의 폭력으로 무너진 가정이라는 울타리와 가족이라는 구성원이 잃었던 긴밀한 유대의 갈망일지도요.

그 때문에 그 갈망이 내내 길어 올린 튼실한 덮개를 자식에게만은 오롯이 씌워주고 싶었어요. 그럼으로써 지난날 가질 수 없었던 지독한 결핍을 따뜻한 안주의 충만으로 다독이고 싶었던 것일 수도요.

그녀는 이십 대 중반에 한 사람과 만나게 됐어요. 그를 처음 본 건 오월이 한창일 무렵이었어요. 아카시아꽃 향이 지천으로 퍼져 나갔고 덩굴장미가 붉게 필 때였죠. 그의 첫인상은 탄탄했어요. 유도 2단의 실력을 지녔고 중·고등학교 시절 기계체조 선수였던 몸은 균형 잡힌 실체였어요. 그처럼 다부진 체격에 허튼 데 없이 반듯한 생각이나 말이며 태도와 행동이 일치했고, 주변의 많은 사람을 향한 웅숭깊음을 진정으로 삶에 들여놓았어요.

그의 건강한 몸과 가슴이 발산하는 것들은 그녀에게 견고히 자리 잡았고 신뢰가 무한했어요. 그녀는 그를, 아름다운 사람이라고 여겼어요. 연애 기간을 거치는 동안 두 사람은 서로의 사유와 의지를 공유하며 의기투합했어요.

그녀는 그와 결혼했어요. 두 사람은 많지 않은 수입을 쪼개 적금을 부으며 열심히 생활했고 아들을 키우며 순탄히 잘 자라주는 것에 감사했어요. 어쩌다 사치 부리듯 값싼 외식을 하거나 주말에 짧은 나들이만 해도 행복했어요. 그리고 주어진 삶에 반듯하고 성실한 노력의 잣대를 지녀야 한다는 마음가짐으로 살았어요. 다른 사람들처럼 평범하게 살수 있어서 늘 고마운 마음도 품었고요.

하지만 환한 봄이 넘쳐나던 사월 어느 날 남편은 처참하게 죽었어요. 삶이 던진 무뢰한 횡포에 속절없이 무너지고 말았죠. 함께 살아가는 사람들을 가슴에 담았던 웅숭깊음이 남편을 그리 만들고 말았어요. 이웃집에 들었던 강도들과 맨몸으로 맞서 싸우다 변을 당한 거예요. 덕분에 이웃집은 무사했으나 남편은 강도들이 휘두른 칼에 급소를 찔려서 즉사했어요.

그녀는 피투성이로 숨이 끊어진 남편을 부여잡은 채 울지도 못하고 멍했어요. 믿어지지도 않을뿐더러 도무지 현실 같지 않아 마구 부정했어요. 죽어 움직일 수 없는 남편을 부여잡아 흔들며 집에 빨리 가자는 말만 되풀이했어요. 그렇게 사월 새벽의 찬 기운 속에서 황막한 삶의 자락을 맞닥뜨려야만 했어요.

그녀는 남편의 주검을 화장해서 평소 자주 갔던 숲에 뿌렸어요. 남편은 생전에 그 숲을 아주 좋아했거든요. 쉬는 날 별일이 없으면 도시락을 싸서 그녀와 아들을 자전거에 태우고 자주 갔어요. 그곳을 흐르는 햇살과 바람과 공기를 가족과 함께 나누는 걸 무척 행복해했어요.

그런데 말이에요. 남편이 죽고 난 세상은 아주 이상했어요. 그녀에겐 거대한 우주가 무너지는 재앙이었는데 사람들은 어떤 동요도 없이 잘 흘러갔고 여전히 각자의 일상을 바쁘게 지냈어요. 그걸 이해할 수 없었어요. 평소 그토록 많은 이들을 가슴에 담았던 남편의 웅숭깊음은 어떤 무게도 싣지 못한다는 것이요. 사라진 남편에게 애도의 짧은 말 한마디, 눈빛 한 자락 건네지 않는 세상의 무심함이요. 너무 억울했어요.

자, 오늘 이야기는 어떤가요? 기구한가요?

♣

여자의 말은 남의 일인데도 듣는 내내 놀라고 고통스러웠다. 마치 독한 열기가 쏟아지는 광활한 사막 한가운데 버려진 것처럼 어찌할지 모를 아픔이었다. 거친 비바람이 몰아치는 속에서 한 치 앞을 분간할 수 없듯 막막했다.

도영의 눈길이 창밖을 향했다. 본다고 해야 어둠만 번져 있지만 눈을 부릅떴다. 여자의 말속 그녀가 짊어진 불우가 무겁게 달라붙어서 떨치고 싶었다. 한 사람이 맞닥뜨린 재앙과 상관없이 모두 각기의 일상을 무심하게 살아가는 것에 괜히 미안했다. 도영도 그들 중 하나였기에.

삐빅, 삐빅 소리가 들렸다. 여자의 전화기에서 나고 있었다. 어딘가에서 전화가 걸려 오는 모양이었다.

"잠깐 통화를 중단해야겠어요. 다른 전화가 와서요."

여자는 도영에게 양해를 구하고 전화를 끊었다.

도영은 다시 걸려 올 전화를 기다리는 동안 앞서 문장에 또 다른 문장을 이었다. 여자의 말이 자꾸 헤집고 들어서 그걸 부려놓아야 했다.

먼 이국의 사막이 떠올랐다. 그녀의 말소리가 바람에 쓸리는 모래 알갱이로 서걱거렸다. 독한 열기가 강렬하게 쏟아졌다. 발을 디딜 때마다 끝을 알 수 없을 눈 속의 크레바스에 빠져버릴 듯 퍼석한 모래 지표면의 질감이 딸려 나왔다. 위태롭기 그지없었다.

도영은 사막이나 설산을 가본 적 없다. 어쩌다 책자 속 그림이나 사진으로만 접했고 지리 교과서에서나 보았다. 그마저도 실상에선 필요치 않은 요소였기에 염두에 둘 이유는 없었다. 그런데 여자를 만난 후부터 척박한 사막이나 극한인 설산의 체감은 자주 내면에 자리 잡았다. 그 이유가 무엇에서 비롯됐는지는 모르겠다.

다시 글을 써나갔다. 여자의 이야기에 이입된 감정 때문인지 의도하지 않았던 문장들이 툭툭 튀어나왔다.

그녀의 손을 잡으려고 했으나 모래는 그녀를 거침없이 빨아들였다. 발목과 다리를, 하체와 상체를. 그녀는 몸이 파묻히는데도 표정은 한없이 고요했다. 모래는 남은 부분을 마저 잠식해 들어갔다. 어깨를, 목을, 턱을….

도영은 그 부분에서 머리를 세차게 흔들며 쓰던 걸 멈추고 입력한 문장들을 빠르게 삭제해버렸다. 문장이 지닌 기운이 현실로 될 것 같아서였다. 삿된 기운이 성해져 마치 여자가 그리 될 것 같아 두려웠다. 그러면서도 평형을 유지하지 못하는 자신을 나무랐다. 단지 글일 뿐이잖아. 허구인 거잖아. 왜 감정이입을 하며 허둥대는 거야!

여자가 다시 전화를 걸어왔다.

♣

그녀의 얘기는 잠시 접어두고 지난번에 이어 파미르 얘기를 조금 더 해 볼까요. 이번엔 파미르로 가는 길에 관해서예요. 천상의 아름다움이라는 비현실성은 사실인 현실성과는 다른 맥락이 될 거예요. 우리의 삶이 직접 보고 느끼는 것만 있지 않듯이요.

베네치아의 상인 마르코 폴로는 그가 지은 〈동방견문록〉에서 말했어요. 말을 타고 12일간 고원을 지나는데 그곳을 파미르라고 부른다고요. 가도 가도 끝없는 길만 있는 사막 같은 곳이어서 먹을 것을 구할 수도 없었다는군요. 강추위로 화력이 약해 무엇 하나 제대로 익혀 먹을 수도 없었대요. 높은 고도로 먹이라곤 찾아볼 수 없는 자연조건으로 새도 거의 살지 않은 데다 풀과 나무가 자라기 힘들고 오두막 한 채 보이지 않았대요. 그만큼 파미르 가는 길이 얼마나 험했는지 알 수 있겠죠.

하지만 지금 시대는 달라졌죠. 파미르 하이웨이를 차로 달려 훨씬 안전하고 빠르게 갈 수 있게 됐어요.

♣

여자의 말속으로 아까처럼 삐빅, 삐빅 소리가 연달아 끼어 들었다. 다른 전화가 또 걸려 오는 모양이었다.

"아무래도 오늘은 통화를 그만 마쳐야겠어요."

오늘 치의 통화는 끝났다. 도영은 아쉬움에 전화기를 손에 서 놓지 않고 한참이나 만지작거렸다. 여자가 이어서 말하려 는 내용은 어떤 걸까, 궁금했다. 앞서 말한 대로 보이는 것 이 면에 대해서일 것이다. 보이는 것 뒤의 드러나지 않는 또 다른 실 상들이 경계 너머에서 출렁일 수 있었다. 그런 거라면 도영이 지나왔던 이면에도 그 같은 흔적들은 잔뜩 웅크리고 있었다.

♣

아버지와 결혼하기 전의 젊었던 어머니는 작부였다. 아침나 절이 훌쩍 지난 시간에야 잠이 깨서 목욕 바구니를 들고 공중 목욕탕에 갔다. 어머니 곁을 지나가는 동네 사내는 질겅질겅 껌을 씹듯 아무렇지 않게 음담을 던졌다.

야, 냄비 닦으러 가냐? 빡빡 깨끗이 씻어라. 크크.

늦은 오후가 되면 어머니는 저녁 장사를 하려고 미용실에서 한껏 부풀린 사자머리를 하고 나왔다. 미용실 옆의 정육점 사내는 붉은 전구가 켜진 진열장 뒤에서 핏물 밴 벌건 고기를 썰다가 천한 양아치로 떠들며 웃어젖혔다.

야, 오늘 빤스는 갈아입었냐? 깨끗한지 이따 검사하러 갈 거니까 얌전히 대기하고 있어. 킬킬킬.

어머니는 모멸의 말을 받으면서도 해맑게 웃으며 대꾸했다.

어머 옵~빠아! 이따 올 거야? 그럼 빨랑 와!

어머니는 읍내 삼거리의 대폿집에 있었다. 매일 저녁 뭇 사내들에게 술을 치며 유행가를 불러 젖혔다. 사내들은 어머니의 가슴팍과 아랫도리에 손을 불쑥불쑥 집어넣었다. 젖가슴을 주물렀고 팬티 속의 거웃을 거칠게 만지며 킬킬거렸다. 가슴팍을 함부로 열어 드러난 젖가슴에다 술을 부어 젖꼭지에 흘러내리는 걸 빨아먹었다. 아랫도리를 벗겨 거웃에도 술을 부어 타고 내리는 술을 알뜰히 핥아 먹었다. 어떤 사내는 어머니를 우격다짐으로 끌어당겨 다리에 앉혀 상하좌우로 흔들어대며 씩씩거친 숨을 뱉어냈다. 함께 있던 사내들은 끄억! 끄억! 익룡 소리를 지르며 벌겋게 충혈된 눈알을 뒤룩거렸다.

사내들의 짓거리는 팔아주는 술값에 포함되었기에 하자가 없었다. 그 짓거리가 많을수록 매상은 뛰었고 다른 술집의 배가 되고도 남았다. 그래도 팔려 온 빚에 떠나지 못했다.

도영의 아버지가 어머니와 만난 날은 동네 몇몇 부잣집에서 일꾼으로 있던 넷이 추렴한 돈으로 회식하는 자리였다. 아버지는 따라오긴 했어도 술자리가 편치 않아 구석에서 조용히 술만 마셨다. 어머니는 아버지 곁으로 다가와 일부러 술을 권하고 과하게 몸을 밀착하며 비벼댔다. 아버지는 움찔거리며 비꼈다.

일행 중 한 사내가 취해서 불콰한 목소리로 어머니에게 크게 말했다.

오늘 신방 한번 차려 봐라. 노총각 놈 고자인지 아닌지 확인해 봐. 고자 아니면 옷 한 벌 해주마. 클클클!

사내들은 손바닥과 젓가락으로 와자하니 상을 두드리며 허리가 꺾이게 웃어젖혔다.

그날 아버지는 사내들이 우격다짐으로 밀어 넣은 허름한 여인숙에서 어머니와 밤을 지냈다. 아침에 여인숙에서 나온 아버지의 눈가가 푹 꺼져 있었다. 얼마 후 아버지는 그동안 일하면서 모은 돈으로 어머니의 빚을 갚아주고 살림을 차렸다.

15

지난번엔 그녀가 성인이 되어 결혼했으나 안타깝게도 남편이 죽었다고 말했죠. 오늘은 그녀가 또 어떤 시간을 지났는지 말해볼까요.

그녀는 남편과 나누었던 지난 일상이 절실했어요. 함께 잠을 깨고 밥을 먹고 얘기를 나누며 모든 일상을 긴밀히 공유했던 사람이 홀연히 사라져 버렸다는 사실이 믿어지지 않았거든요. 그래서 지난 시간을 간절히 재생하고 싶어 시도 때도 없이 잠을 잤어요. 잠을 자면 꿈을 꿀 테고 남편이 꿈속에라도 와 줄 거라 믿었어요. 하지만 남편은 나타나지 않고 각성 상태 같은 잠이 깨면 지끈거리는 두통으로 멍했어요. 허망함과 그리움을 견디기 힘들었어요.

어느 날 그녀는 결심했어요. 자신이 죽는다면 남편을 만날 거라고. 하지만 어린 아들이 걸렸어요. 지난날 부모가 사라져 사무친 그리움을 견뎌야 했던 날들이 할퀴면서 아들도 혼자 남아야 한다는 것에 가슴이 찢어졌어요. 그러느니 함께 죽기로 했어요.

그녀는 여러 약국을 돌며 다량의 수면제를 사들였어요. 정확히 말하자면 수면제가 아니고 처방전 없이도 살 수 있는 수면유도제였을 거예요. 어쨌건 그런 결정은 얼마나 잔인하고 무책임한가요. 한 개체의 생명을 부모라는 처지를 앞세워 좌지우지하려는 것이요. 그건 혼자 남을 자식의 안쓰러운 처지에, 자신이 감당할 아픔이 두려워 차단하려는 지독한 자기연민이나 이기였지 않았을까요.

그녀는 죽기로 한 날 아들에게 캡슐에 든 약 가루를 음료수에 타서 숟가락으로 떠먹이려고 했어요. 그런데 네 살 아이가 본능적으로 위험을 감지했는지 먹지 않겠다며 머리를 마구 흔드는 바람에 숟가락에 담겼던 약물을 흘리고 말았어요. 그래도 아들의 팔다리를 눌러가며 남은 걸 억지로 입에 대자 발악하며 버둥대던 아들의 팔이 약을 풀어놓은 숟가락을 세차게 쳐내면서 모두 쏟고 말았죠. 결국 아들에게 약 먹이는 걸 포기했고 아들은 얼마 후에 잠이 들었어요. 눈가와 볼에 우느라 흘렸던 눈물 자국이 땟국물처럼 묻어 있었어요.

그걸 보는 그녀의 눈 가득 눈물이 차올라 부옇게 흐렸어요. 어쩔 수 없이 아들은 그대로 둘 수밖에 없다는 마음을 굳혔으나 어린 걸 두고 죽으려는 심정이 얼마나 고통스러웠겠어요. 그런데도 다시는 보지 못하고 혼자 남을 자식이 가슴을 후비면서도 현재 겪고 있는 그리운 고통이 너무 커서 결국 자신을 먼저 앞세웠어요. 그러면 안 되는 거였어요. 어떻게든 살아서 어린 자식을 보듬으며 책임져야 했으면서 이기적인 자기연민을 택하고 말았어요.

그녀는 사 모았던 약을 모두 삼켰어요. 다량의 약이 식도를 미처 내려가지 못하고 걸려 고통스럽게 목울대를 긁어 팠어요. 울컥, 울컥 구역질이 치밀며 약들이 밀려 올라왔어요. 눈앞이 노래지는 심한 구역질을 게워 올리면서도 죽기 위해 도로 꾸역꾸역 삼켰어요.

얼마쯤 지나자 약 기운이 퍼졌어요. 하지만 죽음의 잠은 오지 않고 심장이 제어할 수 없이 쿵쾅거리고 머릿속이 터질 것 같았어요. 뼈 마디마디가 해체되어 삐거덕거리는 통증과 근육들이 결결이 풀어져 몸 가누기가 힘들었어요. 걷잡을 수 없는 한기에 덜덜 떨렸고 무엇이든 잡으려 해도 몸이 비틀려서 헛손질이 되었어요.

본능이 다급하게 앞서며 고통스러워서 자는 아들의 몸을 잡아당기자 아들이 칭얼대며 눈을 떴어요. 아들은 방바닥을 긁어대며 고통스러워하는 그녀를 보더니 잠이 덜 깬 중에도 위험하다는 걸 알아채고는 벌떡 일어났어요. 삼촌, 삼촌 소리쳐 울부짖으며 방을 뛰쳐나갔어요. 곧 동생이 허둥지둥 방으로 들어섰고 사태를 파악했어요. 그녀를 업고 신발도 신지 못한 맨발인 채 병원으로 내달렸어요.

그녀는 사지가 늘어지며 의식이 까무룩댔어요. 누나, 죽지 마! 죽지 마! 소리치는 동생의 말소리가 먼 곳의 소리처럼 불분명했지만, 몸이 굳어가면서 관절이 비틀리는 소리만은 선명했어요. 뚜둑! 뚜둑!

♣

도영은 생생한 여자의 말을 그대로 옮기고 싶었다. 컴퓨터 옆에 메모지와 펜이 있었다. 전화기의 스피커를 켰다. 흘러나오는 여자의 말을 빠르게 휘갈겨 써나갔다. 불안정한 글자의 기우뚱거림이 자간과 행간 곳곳에 부려졌다.

그녀의 심장이 제어할 수 없이 쿵쾅거리고 머릿속이 터질 것 같았다. 뼈 마디마디가 해체되어 삐거덕거리는 통증이 몰

려왔다. 근육들은 결결이 풀어져 몸 가누기가 힘들었다. 걷잡
을 수 없이 한기가 들었다. … 무엇이든 잡으려 해도 몸이 비틀
려 헛손질이 되었다.

　도영은 문장을 쓰다가 몇 번이나 멈췄다. 여자의 말속 상황
이 사실로 이입되며 힘이 빠져 손이 자꾸 삐끗거렸다. 그녀의
쿵쾅거리는 심장과 터질 것 같은 머릿속이 여자의 심장과 머릿
속으로 대입되었다. 그녀의 해체될 것 같은 뼈 마디마디의 통
증과 결결이 풀어지는 근육이 여자의 뼈와 근육이라는 생각에
힘들었다. 가슴이 졸아들며 떨렸다. 여자의 말속 그녀가 사라
질까 봐. 아니 여자가 사라질까 봐!

♣

　그녀의 자꾸 감기는 눈꺼풀 사이로 의사와 동생의 모습이
흐릿했어요. 워낙에 치사량을 복용해서 동네병원에선 처치할
수 없다며 큰 병원으로 가라고 했어요. 동생이 그녀를 다시 업
고 택시에 올라탔어요.
　점점 까부라지는 그녀의 의식은 어딘가를 막막히 떠돌았어
요. 어디로 가야 할지 알 수 없었어요. 어떤 형체도 형성되지

않는 그곳은 아무것도 존재하지 않았고 어떤 기척도 들리지 않아 먹먹한 고요만이 있었어요. 지독한 어둠이 흐르고 있었는데 세상의 색채감으로는 도저히 표현할 수 없는 깊디깊은 암흑이 거대한 힘으로 그녀를 빨아들이기 시작했어요. 블랙홀이었어요. 어찌할 수 없는 불가항력이어서 들어가면 다시는 나올 수 없다는 게 확연했어요. 그런데도 그녀는 거기에 섞이려고 모든 힘을 뺐고 몸 한쪽부터 서서히 잠겨갔어요.

그때였어요. 와왕! 갑자기 어린아이의 울음이 천둥처럼 들렸어요. 사그라지는 의식 속을 날카롭게 찢고 들어오는 아들의 울음이었어요. 그녀는 소리가 나는 쪽을 향해 필사적으로 고개를 휘둘러봤으나 암흑만이 존재했어요. 절박했어요. 아들을 찾으려면 빨리 그 속을 빠져나가야 했기에 블랙홀에 반이나 잠겼던 몸을 마구 허우적댔어요. 꿈인지 현실인지 분간되지 않는 경계에서 어디로 가야 할지 허둥거렸어요.

그런 거 있잖아요. 꿈속에서 전력을 다해 질주하는데도 엄청난 무언가의 힘에 덜미 잡혀 제자리걸음만 하듯이요. 그래도 오로지 그것만이 살길이듯 생의 온 힘을 다해 앞으로 크게 한 발을 내디뎠어요. 순간 몸이 둥실 떠오르면서 눈 깜짝할 새 무중력 공간을 벗어나 중력의 기류가 흐르는 곳으로 튕겼어요.

그리고… 날카로운 뭔가에 찔리는 게 느껴졌어요. 눈을 뜨자 흐릿하게 어떤 공간이 보였는데 흰옷을 입은 사람들이 분주하게 오갔어요. 종합병원 응급실이었어요. 간호사가 그녀의 팔에 막 꽂은 주삿바늘을 고정하느라 밴드를 붙이고 있었어요. 간호사는 눈을 뜬 그녀의 어깨를 두드리며 말이 들리냐고 큰소리로 물었어요. 그녀는 간신히 고개를 끄덕였어요.

링거 거치대에 매달린 해독 약물이 투입되자 강도 높은 토악질이 시작됐어요. 위장에서 거슬러 오르는 약물은 식도를 타고 넘쳐 올랐어요. 숨도 쉴 수 없을 만큼 가쁘게 치오르는 토악질로 그녀는 병상 난간을 부여잡고 또 다른 고통에 휘둘렸어요. 바닥에는 그녀가 토해낸 약물 점액질이 흥건했어요.

토악질은 삼킨 약물을 다 쏟아내고서야 잦아들었어요. 눈물 콧물과 땀으로 범벅인 얼굴에 긴 머리칼들이 질척하게 젖어 달라붙은 채, 기진해 누워있는 눈길에 옆 병상이 보였어요. 한 노인이 그녀처럼 스스로 생을 마치려고 음독했는데 해독제를 투여하는 중이었어요. 의사와 간호사가 급박하게 오가며 펜 라이트로 눈동자의 움직임과 맥박을 살피더니 가망이 없는지 보호자를 불러 마음의 준비를 하라고 했어요. 그녀는 고개를 돌렸어요. 누군가의 죽음을 눈앞에서 본다는 게 가슴 아팠어요.

컥컥! 절박한 숨결 기척에 다시 옆을 돌아봤을 때… 노인의 임종이 시작되고 있었어요. 그녀를 내내 느끼고 있었던지 마지막 숨이 다해가면서도 초점을 잃어가는 눈으로 그녀를 바라보고 있었어요. 안간힘을 다해 껌벅이는 눈에서 눈물이 흘렀어요. 그 눈이 말하고 있었어요. 살아보라고.

　노인은 곧 눈을 감았어요. 토해낸 퍼런 농약 잔류물이 쓰라린 한 생의 마지막 상흔으로 입가에 묻어 있었어요.

　　　　　　　　　　♣

　도영의 마음이 둘 데 없이 비틀거렸다. 스스로 생을 끝내는 건 어떤 고통일까. 여자의 말속에 있는, 그녀의 죽어가는 과정을 들으며 내내 가슴 졸였다. 이야기 속 허구의 공간이고 인물인데도 그녀가 제발 죽지 않기를 간절히 바랐다.

　다행히 그녀는 살아났다. 휴우⋯ 도영은 안도의 숨을 크게 내뱉었다. 그녀가 살아났다는 사실 만으로 세상 무엇에라도 감사했다. 더불어 간절히 빌었다. 더 이상 그녀의 삶이 기구하지 않기를. 그래야 여자의 말에도 평안이 깃들 것이므로.

　　　　　　　　　　♣

　그녀는 살아났어요. 모든 걸 포기하고 블랙홀로 빨려 들어갈 때 들렸던 아들의 울음이 살렸어요. 그렇지 않았다면 숨을 놓았겠죠. 그럼 이젠 살아난 그녀가 또 어떤 시간을 지나왔는지 얘기해볼까요.

남편이 죽고 난 후 남은 건 단칸방의 전세금이 다였어요. 가진 것 없이 어린 아들을 키우며 살아야 하는 날들은 뻘 가득한 수렁이었어요. 먹고 살아야 하기에 어린 아들을 떼어놓고 일하러 다녀야만 했어요. 그럴 때마다 홀로 있는 아들이 가여워 서러운 울음이 났어도 꾹꾹 눌렀어요.

어느 날 저녁에 한 갈빗집에 파출부 일을 갔어요. 가보니 그동안 일하러 다녔던 곳 같은 평범한 식당이 아니었어요. 음식을 먹은 남자들이 여종업원이 마음에 들면 2차를 갈 수도 있는 곳이었어요. 오십대쯤의 혈색 불그레한 남자 사장이 그녀를 세워놓고 한참을 아래위로 훑었어요. 그녀는 노예시장에 서 있듯 굴욕감에 당황스러웠어요. 사장은 상황에 따라 손님이 주는 술도 마셔야 한다며 행해야 할 수칙 등을 유들대며 말했어요.

그녀는 처음엔 그 말의 저간을 읽지 못하다 의도가 무엇인지 곧 파악되면서 참담했어요. 그 길로 식당을 나왔어요. 등 뒤에서 사장이 비아냥거리는 소리가 들렸어요.

놀고 있네! 먹고 살려고 돈 벌러 나왔으면서 꼴값하기는!

하루 벌어 하루를 살아야 하는 각박한 형편에서 그날은 공쳤어요. 그녀는 열 정거장도 넘는 거리를 걸어 집으로 돌아오며 울고 싶었지만 울지 않았어요. 앞으로 살아갈 날들에 오늘 같은 날은 무수히 많을 텐데 그때마다 감정을 놓아버리면 지탱할 수 없을 테니까요.

터덜터덜 걷는 눈길에 시작되는 일몰이 비쳐 들었어요. 주홍빛에 섞인 옅은 푸른 채도가 서편 하늘에 번지는가 싶더니 이내 검푸른색으로 물들며 어둠이 덮였어요. 많은 사람이 뒤섞인 사위는 금세 꽃 같은 네온사인이 밝혀지면서 그녀가 속한 곳과는 다른 별천지였어요. 누군가의 슬픔과 아픔은 아랑곳없이요.

동네 어귀로 들어서는 길의 어느 집 마당에는 수령 오래된 감나무가 있었어요. 나무는 해마다 붉은 감이 주렁주렁한 가지를 담 너머로 넘길 만큼 풍성했어요. 그 앞을 지날 때면 담이 낮아서 넓은 마당이 훤히 보였고 지난날의 가없어진 계획이 떠올라 울적했어요.

여보, 이다음에 마당이 넓은 집을 마련해서 많은 과일나무를 심자. 그 나무들에 우리 아이들 이름을 달아주는 거야. 그러면 나무가 튼실하게 자라듯 아이들도 깊은 뿌리를 내릴 수 있겠지. 얼마나 근사하겠어!

남편은 언젠가 그곳을 지나면서 그녀의 어깨를 다정히 안으며 말했어요. 그녀도 남편의 탄탄한 허리에 팔을 두르고 복사꽃처럼 화사하게 웃으며 그러자고 했어요. 이제 그런 날들은 잡을 수 없는 연기로 흩어졌다는 사실이 가슴을 후볐어요.

16

지난 시간이 품은 아픔은 헤어나기 힘든 끈덕짐을 갖고 있
다. 그래서 사람들은 살아가면서 애써 많은 것들을 지워버리
려는 건지 모른다. 도영에게도 그런 시간의 독한 상처는 벗어
나기 힘든 아픔으로 걸려있다.

술집에서 아버지를 만나 결혼생활을 시작한 어머니는 좁은
촌바닥이 답답하다며 도시로 나가자고 성화해댔다. 아버지는
할 수 없이 도시로 왔고 지니고 있던 돈을 털어 빽을 써서 환경
미화원이 되었다. 남이 소모하고 버린 쓰레기를 취급하는 일이
지만 만족했다. 자신의 손길이 닿으면 모든 것들이 말끔해지는
게 좋았다. 그 과정에서 오물이 되묻어도 상관없었다. 청소라

는 말은 언제 들어도 뿌듯했다.

　무엇보다 자식과 아내라는 범주에 묶여 살아가는 자체가 큰 의미였다. 그들을 책임지는 아버지와 남편이라는 존재 위치가 그 어디에도 비할 수 없이 숭고했다. 결혼하기 전의 아내가 묻혔던 지저분한 것들도 그 안에서 말끔해질 거라 굳게 믿었다.

　그런 아버지의 신념이나 바람과는 달리 어머니는 가정 안에서 안주하지 못했다. 돈을 번다고 집에 있는 날이 거의 없었다. 파출부와 장례식장 도우미나 식당에서 일한다고 밖으로만 돌았다. 매일 밤이 깊어서야 술이 거나해서 돌아왔는데 아버지가 지청구하면 일이 힘들어서 한 잔 마셨는데 뭘 그러냐며 불퉁거렸다.

　나중에 알게 됐다. 어머니가 일하는 곳은 시장 안의 허름한 대폿집이나 변두리의 호프집이었다. 주방에서 술안주만 만든다고 했지만 그렇지 않다는 건 뻔했다. 아버지와 어머니의 불화가 잦았다.

　남동생이 태어났다. 중증 장애의 자식을 둔 집안은 더 암울해졌다. 어머니는 병신 자식을 낳았다는 사실에 끓는 화를 가족에게 풀었다. 이따위로 살아서 뭐 하냐며 아버지에게 악을 썼다. 짜증을 참지 못해 툭하면 도영의 등짝을 후려쳤다. 수시로 남동생을 향해 원수 새끼! 죽어버리라며 두드려 팼다.

　어머니의 짜증과 화풀이는 날이 갈수록 심했다. 아버지의 눈을 피한 바깥 돌아침도 더 잦았다. 어른이 없는 집에 어린 자식들을 팽개치고 나갈 때가 많았다. 아버지는 일과를 끝내고 와서도 쉬지 못하고 자식들을 돌보았다. 그런 환경에서 동생들보다 좀 더 큰 도영의 존재는 돌봄 대상이 되지 못하는 천덕꾸러기였다.

밖으로 나도는 어머니의 치장은 궁핍한 집안 형편에 맞지 않게 화려해졌다. 사정을 모르는 사람들이 보면 능력 있는 남편을 두고 밥은 먹고 살 만한 집의 팔자 좋은 안주인이었다. 곁에는 항상 외간 남자들이 있었다. 그중 한 남자와는 관계가 심각했다. 그 사실을 아버지도 알게 됐다. 마음잡으라고 달래는 아버지의 부탁이 간곡했으나 소용없었다. 아버지의 폭행이 시작됐다. 집안에선 맞고 때리는 악다구니와 거친 쌍소리가 자주 들렸다.

집에는 낡은 천장 반자가 내려앉는 걸 받치기 위한 기둥이 양쪽에 있었다. 어느 날 어머니는 자신이 둘렀던 머플러로 기둥에 남동생을 묶어놓고 내연 남자를 만나러 나갔다. 아버지는 일터에 있었고 도영과 여동생은 학교에 있었다. 혼자 남은 남동생은 묶인 걸 풀려고 제대로 움직여지지 않는 몸으로 버둥거렸다. 머플러는 단단하게 묶이지 않았는지 한참 만에 풀리고 말았다.

배가 고픈 남동생은 몸을 비틀며 부엌으로 나왔다. 식구들이 하던 걸 보았던 대로 아궁이 옆에 있는 곤로에 불을 지피려고 했다. 성냥통에서 성냥개비를 빼려고 했지만 비틀려서 초점이 맞지 않는 손길 때문에 자꾸 엇나갔고, 괄하게 타오르는 연탄 아궁이 덮개로 성냥통을 떨어뜨리고 말았다. 쏟아진 뭉텅이의 성냥개비들은 걷잡을 수 없이 타올랐다. 소방대원들이 도착했을 때 남동생은 형체를 알아보기 힘들게 타버렸다.

어머니는 그 일이 있고 얼마 후 집을 나갔다. 아버지는 어머니를 굳이 찾지 않았다. 도영의 집에서 어머니의 흔적과 엄마라는 단어는 무언의 금기가 되었다. 집안은 어머니가 있을 때와 달리 고요가 흘렀다. 아버지와 어머니가 다툴 일도 없었고 맞고 때리는 고함과 비명이 들릴 일도 없었다. 도영과 여동생도 더 이상 어머니의 욕설과 화풀이를 받을 이유가 없었다. 도영은 오히려 좋았다.

하지만 어머니는 몸만 빠져나간 게 아니었다. 몇 년에 걸쳐 내연 남자와 함께 여기저기 빌린 사채가 많았다. 차용증에는 어머니가 훔쳐 나간 아버지의 도장과 이름이 박혀 있었다. 허우대 좋고 멀끔한 남자가 직접 서명하고 찍은 아버지의 인적은 사실로 여겨졌고 남자와 어머니가 타고 온 고급 승용차는 신뢰를 한층 부추겼다. 채권자들에게는 내연 남자가 어머니의 남편이었다. 어머니는 능력 있는 사업가 남편을 두고 부유하게 사는 사모님이었다. 남편의 사업자금으로 둔갑한 사채는 이자에 이자를 치며 눈덩이처럼 커져 있었다. 빌린 돈의 대부분은 내연 남자에게 들어갔다.

채권자들은 떼로 몰려왔다. 아버지는 으르렁거리는 맹수들 사이에서 힘없는 먹잇감이었다. 그들은 차용증을 직접 작성한 남자가 남편이 아니라는 사실에 경악했다. 장애를 지닌 아버지의 몰골과 집을 보고는 전의를 상실한 패잔병이 되었다. 돈이 될 만한 건 고사하고 보태주어야 할 판이라는 걸 확인하고 기가 막혀 바닥에 주저앉았다.

세상에, 사는 꼬라지하고는. 이따위로 살면서 그렇게 처바르고 휘감고 했던 거야. 미친놈하고 붙어서!

네가 그년 밑구멍 치장하는 돈 대주려고 못 먹고 못 입고 아등바등 살았나. 에라이, 개 같은 년!

아이고! 생떼 같은 내 돈 어떡하나… 쳐 죽일 년을 어디 가서 잡나!.

채권자들 대부분이 시장통의 영세 자영업자들이거나 근근이 먹고 사는 사람들이었다. 그들은 도영의 집이 있는 동네와는 멀리 떨어져 있었기에 도영의 집 형편을 알지 못했다.

남의 돈에 경각심 없고 함부로 집어삼키는 사람들 수법이 그렇듯 어머니와 내연 남자는 적지 않은 기간 자주 돈을 빌렸다. 갚아야 할 돈은 다른 사람에게 또 빌려서 약속한 제날짜에 정확히 갚았고 시세보다 후한 이자를 쳐주었다. 사이사이 고기를 끊어 주며 비싼 과일 등의 선물을 선뜻 안겼다. 경조사가 있을 때면 넉넉한 부조금을 챙기며 과한 인심을 베풀어 안심시켰다.

채권자들은 당장이라도 사라진 어머니를 찾아내 사지를 찢어버리고 감방에 처넣고 싶었다. 그러나 어떻게든 책임지고 갚겠다는 아버지 말에 이성을 택했다. 시간이 걸려도 돈을 돌려받으려는 쪽이 실익이라고 판단했다. 받을 기한이 멀다는 걸 알면서도 아버지의 도장과 사인이 명시된 상환 각서를 부적처럼 받아들고 헛헛하게 돌아갔다.

아버지 주변의 가까운 사람들은 그랬다. 직접 돈을 빌린 것도 아니고 차용증을 작성한 것도 아닌데 배 째라 식으로 감방에 처넣건 말건 버티지 왜 그 많은 빚을 떠안느냐고, 당사자 확인도 안 하고 빌려준 채권자 책임도 있는 거라고 말했다.

아버지는 그러지 못했다. 아내가 저질러 놓은 짓거리를 처리하는 게 당연하다고 결정했다. 그것이 평생을 지저분한 오물 처리를 업으로 삼아 말끔히 청소하던 아버지의 철학이라면 철학이었다.

♣

　남동생이 불을 낸 배상금과 어머니가 빌린 사채로, 그러지 않아도 넉넉하지 않던 집안 형편은 혹독한 바닥이었다. 식구들은 거처할 곳이 없어 뿔뿔이 흩어져 찜질방이나 각기 아는 사람 집에 얹혀살았다. 도영과 식구들에게 집이라는 울타리는 추상적 단어였다.

　도영은 고등학교만 겨우 마치고 일찌감치 군대를 다녀왔다. 제대하고선 한동안 공사장 인부로 일하며 컨테이너에서 밤 동안 방범을 서주는 조건으로 숙식을 해결했다. 마트에서 배달 일도 했다. 몇 년 후에는 친구 B와 그의 형이 하는 청소대행업체에 합류했다. 직원이라야 세 사람뿐이었다. 이사를 나가고 들어가는 가정집이나 사무실 내부 청소였다. 어린 시절 아버지의 미화원 일을 경시했음에도 살기 위해선 어쩔 수 없었다.

　청소업체 일은 실속 있게 꾸준해서 급여가 밀리지 않았다. 아버지가 채권자들에게 약속했던 빚의 원금과 이자를 조금씩이나마 갚으면서 단칸 월세방이라도 구할 수 있었다. 흩어졌던 식구들은 비로소 한곳에 모여 살 수 있었다.

　하지만 청소 일은 계속 할 수 없었다. B의 형은 돈이 좀 모이자 무리하게 다른 업종을 겸했다. 경험 없이 벌인 일은 오래가지 않아 실패하면서 큰 빚을 졌고 청소업체도 문을 닫았다.

도영은 마냥 놀고 있을 수 없어 예전에 공사장에서 함께 일했던 사람을 찾아가서 일자리를 얻었다. 다른 고정 일자리가 생길 때까지 한 푼이라도 벌어야 빚을 마저 갚아 나갈 수 있었다.

어느 날 아버지 친구로부터 제안받았다. 지인의 아들이 하는 업체인데 청소 일이긴 하지만 종류가 달라서 보수는 훨씬 세다고 했다. 아버지는 도영이 예전에 했던 청소 일 같겠거니 해서 괜찮겠다고 여겼다. 도영 또한 일반적인 청소보다 힘들어도 적지 않은 경험이 있으니 어려울 건 없다고 생각했다.

제안받은 청소 일은 일반적인 게 아니었다. 사장이 건넨 명함엔 특수청소 전문이라는 문구가 박혀 있었다. 그때만 해도 단순하게 추측했다. 특수청소라면 가정집이나 사무실은 아닐 테고 공장이나 색다른 점포와 관련한 게 아닐까 했다.

하지만 대강의 얘기를 듣고는 내심 놀랐다. 해야 할지 거절할지 생각이 많았다. 보수를 생각하면 구미가 당기는 일이었다. 몇 년 일하면 어머니가 가출하면서 떠안긴 빚들을 어느 정도는 갚을 수 있었다. 그런 수입이 아니라면 빚을 빨리 해결하기는 어려웠다. 아버지는 나이 들어갔고 도영 혼자 힘으로는 오래 얽매여야 했다. 며칠 고심하다 일하기로 결심했다.

여동생에게는 특수청소 일에 대해선 말하지 않았다. 아버지에겐 사실대로 알렸더니 놀란 눈치였다. 그간 자식이 남의 쓰레기나 치우는 일을 하는 자체만으로 부채감을 안고 있었다.

그나마 아들이 하는 청소는 자신이 하는 청소와는 좀 다른 것에 마음의 무거움을 조금 내려놓을 수 있었으나 제안받은 일은 찜찜했다. 그런데도 빨리 빚을 갚아야 한다는 도영의 결심에 달리 할 말이 없었다.

특수청소는 대부분 혼자 살다 고독사하거나, 움직임이 자유롭지 않은 중병 환자들이 돌봄을 제대로 받지 못해 죽음을 맞이했거나, 자살한 후 시신이 오래 방치된 공간을 정리하는 일이었다. 의뢰 비용은 평당 이백만 원에서 이백오십만 원으로 소요 시간은 면적 규모에 따라 차이가 있고 보통 7시간에서 8시간이 걸렸다.

해당 집으로 가면 우선 고인이 머물던 공간에 소독을 실시했다. 고인에 대한 의례로 묵념을 한 후 생전에 사용하던 것들에서 유족에게 전할 것과 폐기할 것들을 분류했다. 그다음 시신에서 번져 나온 흔적을 특수 장비와 약물을 사용하여 지워나갔다.

도영이 처음 의뢰받은 현장 청소는 어떤 남자의 아버지 집이었다. 집안에 묻어있는 아버지의 각혈 흔적과 시취를 청소해달라고 했다. 죽은 사람의 흔적이 꺼림칙하고 불결하다고 여기는 주인집의 강력한 요구 때문이었다.

결혼해서 다른 지역에 살던 의뢰자는 단칸셋방에서 혼자 사는 아픈 아버지를 보살필 수 없었다. 형편이 여유롭지 않았기에 폐 질환을 앓던 아버지의 약값과 병원비와 생활비에 보태기 위해 원래 하는 일 말고도 다른 일도 겸했다. 결국 의뢰자의 아버지는 홀로 죽음을 맞았다. 시신은 일주일 동안 방치됐었다.

대부분의 주검은 자살이 아닌 경우 질환으로 오래 누워있던 상태가 대부분이었다. 움직일 수 없어 한 곳에 고정되었던 자리는 시신의 형태가 오롯이 자국을 낸 경우가 많았다. 그 흔적이 고스란한 비닐 장판이나 이불을 걷어낼 때면 한 생을 구겨버리는 기분이었다. 그 과정에서 살아 꿈틀거리는 구더기나 파리가 되지 못한 번데기가 무더기로 뭉쳐있었다.

시신 발견이 빠르면 덜하지만 그렇지 않을 경우는 오래 방치된 시신이 풍겨내는 악취가 지독했다. 시신이 없어졌음에도 냄새는 끈덕지게 부유했다. 그 때문에 동네에선 민원을 넣고 청소업체 직원들을 냉랭한 시선으로 대했다. 청소 물품을 실은 차를 집 가까이 대는 것도 꺼려서 다른 곳으로 가라고 언성을 높였다. 어떤 사람은 재수 없다며 대놓고 소금을 뿌렸다.

도영과 함께 일하던 사람은 가족에게까지 구급차 기사라며 직업을 속였다. 어떤 사람은 시신의 흔적 트라우마를 잊으려고 화초 키우는 것에 집착해서 집안이 발 디딜 틈이 없을 만큼 화분으로 가득 찼다. 도영 또한 일하는 기간이 길어질수록 냄새에 대한 트라우마를 견디기 힘들었다. 악취가 코에서 맴돌았다. 어린 시절 아버지에게서 나던 시큰하고 퀴퀴한 냄새는 아무것도 아니었다.

특수 청소 일을 시작하고 얼마 되지 않았을 때였다. 집에 돌아온 도영에게 여동생이 말했다.

오빠, 요즘 뭐 하고 다녀?

왜?

오빠한테서 왜 자꾸 이상한 냄새가 나는 거 같지?

무슨 냄새가 난다고 그래?

글쎄… 뭔지 모르겠는데 이상해. 도대체 무슨 냄새지?

여동생은 도영을 비끼며 얼굴을 찡그리고 말했다.

일을 끝내고 버스나 지하철을 타고 올 때면 옆 사람들이 흘깃거리거나 일어나 다른 자리로 가던 게 생각났다. 특수 약품을 취급하곤 샤워할 환경이 되지 않아 얼굴과 손만 대강 씻을 때라 그래서인가 보다, 라고만 여겼다. 그게 아니라는 걸 얼마 후에 알게 됐다.

그 후부터 냄새에 예민해졌다. 시신의 흔적을 지워나가는 일이 거듭될수록 지독한 냄새가 깊숙이 박혔다. 수시로 향 짙은 세정제를 쓰며 씻어 보지만 귓속에서까지 냄새가 퍼져 나오는 것 같았다. 사람들 곁으로 다가가기가 두려웠다. 어디서든 누군가 가까이 오면 슬그머니 자리를 떴다.

죽은 자의 흔적을 접하는 것도 힘들었다. 한때 세상이라는 공간에서 숨 쉬고 살았을 한 개체가 오래도록 방치되었다가 심하게 부패한 주검으로 발견되는 사실에 비애감이 들었다. 길을 가다가도 지나치는 수많은 사람 너머에 도사리고 있을 죽음의 음험함이 눈에 치였다. 지난날 한낱 나무토막처럼 불에 타 죽은 남동생의 주검도 끈질기게 달라붙었다.

그렇게 해서 벌어들인 수입은 대부분 어머니의 빚 갚음에 들어갔다. 2년쯤 지나서 일을 그만두었는데 트라우마로 계속 이어가기 힘들었다. 그때의 시간은 한동안 도영의 심층에 쓰라림으로 파고들었다. 일상의 어느 순간순간 불청객으로 느닷없이 달려들 때마다 진저리가 나며 다시는 접하고 싶지 않았다.

하지만 막상 그만두니 달리 또 할 게 없었다. 뭐라도 해야 했고 배운 게 도둑질이라고 예전에 했던 일반청소 일을 다시 시작했다. 특수청소보다는 수입이 덜 하지만 마음은 한결 편했다. 경주를 만났을 때는 특수청소를 했다는 건 물론 하는 청소일도 내색하지 않았다. 차마 말할 수 없었다. 경주는 도영의 하는 일이 물류센터에서 입출고되는 물품을 관리하는 걸로만 알았다.

17

식당 일을 쉬는 날이다.

도영은 오후 내내 책을 읽다가 눈이 뻐근해 잠시 창밖을 내다보았다. 서편으로 스러지는 저녁 해가 걸려있었다. 불그레한 햇발이 늦가을의 스산한 대기에 부챗살처럼 퍼졌다.

배에서 꾸르륵 소리가 났다. 인스턴트커피 두 잔을 마신 외는 종일 아무것도 먹지 않았다. 평소에도 점심 겸 저녁 한 끼만으로 식사를 해결했다. 밥 생각이 없으나 뭐라도 먹어야 했다.

책을 덮고 일어나 냉장고를 열었다. 경주가 갖다 놓은 반찬들이 있지만 열지 않았다. 기온이 쌀쌀해졌고 냉장고에 있었어도 오래되어 상했을 수 있었다. 그게 아니라도 반찬을 펼쳐가며 밥을 먹는다는 게 번거로웠다. 야채칸에서 시든 사과 하나를 꺼내 씻어 우걱, 베어 물었다.

화장실에서 전화가 울렸다. 아까 용변을 보러 들어갔을 때 가져갔다가 두고 나온 모양이었다. 전화를 걸어온 사람은 뜻밖에도 여자였다. 대부분 도영이 일을 끝내고 돌아온 시각에 전화했는데, 저녁 무렵에 전화한 것에 반가우면서도 어쩐 일인가 싶다.

"이 시간이면 집에 있을 거 같아 전화했는데 쉬는 날 맞죠?"

"어? 그걸 기억하셨네요?"

도영의 목소리가 높아졌다. 전화만으로도 좋은데 사소한 걸 기억해주는 것에 기분이 더 좋았다.

♣

죽음이든 도망이든 누군가의 떠남으로 남은 사람들의 시간은 지독한 저당의 무게에 짓눌리는지도 모르겠어요. 오늘은 지난번 그녀가 갈빗집 사장에게 모멸을 받고 뛰쳐나온 후의 얘기를 이어서 해 볼까요.

동네 어귀 어느 집 담 너머로 넘어온 감나무 가지에 달린 잎들이 밤이 내려앉는 골목의 가로등 불빛 아래서 일렁였어요.

그녀는 가지에 이마를 대고 한참을 있었어요. 할 수 있다면 주저앉아 일어나고 싶지 않으나 그마저도 감정의 사치였어요. 어미를 기다릴 아들이 생각나면서 쓸쓸한 심정은 저만치 밀쳐두고 걸음이 빨라졌어요. 집 앞의 구멍가게에서 평소라면 쓰지 않았을 지출도 했어요. 아들에게 줄 과자와 통 크게 그녀에게 줄 소주 한 병도 샀어요.

옆집에 들러 일할 동안 봐달라고 맡겼던 아들을 업고 집으로 향했어요. 아들은 늦게 올 줄 알았던 어미가 일찍 온 데다 과자까지 들이미니 아주 좋아했어요.

엄마, 나 지금 행복해!

그래? 우리 아들 왜 행복할까?

과자도 좋고 엄마가 같이 있으니까. 사실은 엄마가 일하러 가면 무지 보고 싶거든. 그래서 눈물이 나지만 꾹 참아.

그녀는 아들 말에 울컥했지만 내색하지 않았어요. 실팍하게 살이 오른 아들 엉덩이만 추켜올렸고 일부러 밤하늘을 올려다보며 헛기침했어요. 울 수 없었어요. 울고 싶을 때마다 쏟아내면 나약해질 테고 그러면 아들을 키울 수 없었거든요. 이 세상에서 아들을 키워야 할 사람은 오직 자신뿐이었어요. 아무도 대신 해 줄 수 없는 그녀만이 짊어질 무게였어요.

그녀는 술을 마시지 못했지만 그날은 마셔보고 싶었어요. 사 온 소주를 아들이 알지 못하게 컵에 따라 물인 것처럼 숨겼어요. 부엌에 쭈그리고 앉아 역한 소주를 욕지기를 꾸역대가 며 마셨어요. 열어놓은 부엌 창밖의 검은 어둠이 그녀를 무심하게 보고 있었어요.

그날 일기를 썼어요. 다시는 오늘같이 천한 장사치에게 수모를 당하지 않겠노라고. 그리고 다짐했어요. 아들을 키우는 동안 엄마라는 자리만 있는 거라고. 생물학적 여성은 없는 거라고.

그녀가 살아내느라 지나야 하는 시간은 곤비했어요. 부모라는 두 사람의 몫에 아들을 키우고 일을 하며 돈을 벌어야 했어요. 산다는 건 참 고달파서 절실한 소망을 항상 가슴에 담았어요. 빨리 늙기를, 빨리 삶이 다 해지기를, 그러면 아들이 자라 어른이 될 테고 어미 없이도 혼자 살아갈 수 있을 테고, 그녀는 더 이상 살아내야 하는 무거움을 짊어지지 않아도 되기 때문에요.

또 다른 소망도 있었어요. 남편과 마지막 인사를 못 했다는 사실이 늘 가슴에 맺혔거든요. 서로 잘 가, 잘 있어, 라는 말 한마디 나누지 못한 채 급작스레 영원히 이별한 것이요. 그랬기에 실현 불가능하다는 걸 알면서도 절실히 원했어요. 남편을 꼭 한 번만 만날 수 있기를. 그러면 남편을 깊게 껴안고 등을 토닥이며 말하고 싶었어요.

당신과 함께 한 날들은 찰나처럼 짧았어도 무척 따뜻했어.

고마웠어. 잘 가!

죽은 남편을 만나 오래도록 가슴에 담아두었던 인사를 하고 싶은 그녀의 바람은 이루어질 수 있을까요?

현실에서 그럴 일은 절대 일어날 수 없겠죠!

♣

지난 9월, 바위에 지어진 암자의 난간에 기대있던 여자의 뒷모습이 이야기 속 그녀에게 겹쳤다. 온통 흰색이어서 처연했던 옷차림이 눈에 밟혔다. 목덜미의 멍 자국 같은 푸른 장미도 서늘하게 담겼다.

도영은 지난번처럼 전화기의 스피커를 켰다. 여자의 말을 종이에 옮겨 적었다. 키보드를 치고 싶으나 통화 중인 여자에게 타닥거리는 소리가 들릴까 봐 할 수 없었다. 한 글자 한 글자 새겨 넣듯 써나가는 손길이 무거웠다.

그녀는 짓누르는 삶의 무게를 안간힘으로 받쳐야 했다. 담 너머로 넘어온 감나무 잎들이 가로등 불빛에 일렁였다. 가지에 이마를 대고 한참을 있었다. 주저앉아 일어나고 싶지 않았으나 그마저도 감정의 사치였다.

도영은 어느 순간부터 여자의 이야기 속 어둠 내린 골목길에 있었다. 감나무의 반들대는 잎들이 눈앞에서 생생하게 일렁였다. 감나무 가지에 대고 있는 그녀의 이마에 가만히 손을 댔다. 도영의 손길이 따뜻하다고 여겨지길 바랐다. 어둠 내린 길에 홀로 서서 막막해 있는 그녀를 싸안고 등을 쓸어주며 말하고 싶었다.

괜찮아요. 울어 봐요. 우는 건 나약한 게 아니에요. 그러니 참지 말아요.

그러나 건넬 수 없는 마음의 말 대신 도영의 손이 종이 위에서 깊은 연민을 담아 움직였다. 흰 지면에 검은 글자가 추상으로 꼭꼭 박혔다.

♣

오늘 낮에는 이 도시의 외곽에 있는 한 대학교에 다녀왔어요. 오랜만에 바람도 쐴 겸 나왔다가 온라인 서점에서 주문할 책을 그곳 도서관에서 열람했어요. 배달된 책을 펴보면 실망할 때가 가끔 있기에 본문을 미리 살펴보려고요.

도서관 건물을 나와선 캠퍼스 광장 언저리의 의자에 앉았어요. 주변으로 수목이 많더군요. 계절이 계절인 만큼 이파리들이 여름처럼 성성하지 않아도 단풍으로 물든 나무들이 아직까진 보기 좋았어요.

해당 대학교는 잔디 광장을 일반인에게 개방하나 보더군요. 휴일이어서 학생들은 거의 보이지 않고 부근 동네에서 소풍 나온 가족들이 많았어요. 어린아이를 사이에 둔 젊은 부부와 단출하니 둘만 있는 중년 부부들 속에 젊은 연인들과 노년 부부도 보였어요.

그들은 잔디에 돗자리를 펴고 앉아 깊어가는 늦가을 햇살을 받으며 음료수와 간식을 먹었어요. 사이엔 어떤 삿됨도 끼어들지 못할 견고함이 있었어요. 그때만큼은요. 나는 그들을 보며 언뜻 철학적 함의가 담긴 문장을 떠올렸어요.

우리의 삶에서 가족이라는 명제는 무엇인가.

인도 출신인 미국의 소설가 줌파 라히리의 소설 『축복받은 집』 표지에는 한 집의 내부가 있어요. 이층에는 소녀일 듯한 한 사람이 시트가 흐트러진 침대에 등을 돌린 채 앉아있어요. 아래층 주방에는 식탁을 사이에 두고 서 있는 남자와 여자가 마주 보고 있어요.

표제로 보면 그들은 가족 같은데 뭔지 모호해요. 초록과 노랑, 갈색이 배색된 표지의 색채로 언뜻 따뜻함이 흐르는데 또 그렇지만도 않아 보여요. 단절이 있는 것도 같고요. 어쨌거나 표제처럼 축복받은 집이라면 어떤 집일까. 어떤 축복을 받은 걸까. 축복받은 구성원들은 어떤 사람들일까. 궁금증을 일게 해요. 제목만으로는 훈기가 도는데… 반어적인 걸까요.

그 책에는 인간과 인간 사이의 여러 이야기가 있죠. 부모와 자식의, 이웃과 이웃의, 다른 인종의 사람들이, 연인들의 사랑과 이별이 내포한 상황이요. 그 관계들에선 서로가 보완할 수 있는 요소를 지니고 밀도 높은 호응을 할 수도 있을 테고요. 호응의 연관 구도는 삶의 질에 충만의 파장을 넓히기도 할 거예요. 아니면 너무 가까워서 혹은 멀어져서 서로 미처 인지 못하는 상처일 수도 있겠죠. 그 상처는 서로의 삶의 반경을 피폐하게도 만들 테고요.

줌파 라히리는 우아하고 침착한 문체로 그런 누군가 들의 서사를 전하고 있어요. 특유의 세련된 담담함으로 불안한 결핍을 차근히 펼치죠.

다른 책도 있어요. 김이설의 『우리의 정류장과 필사의 밤』이에요. 주인공과 연결된 가족, 연인 등의 관계와 일상을 드러내고 있어요. 이 책은 온전히 어느 한 가족에 대해서인데 또 다른 형태의 가족 현상도를 보여주고 있어요.

주인공에게는 남편의 폭력으로 어린아이들을 데리고 친정에 와있는 여동생이 있어요. 그녀는 일하는 동생 대신 조카들을 양육하며 평소 원하던 자신의 것은 하나도 갖지 못한 채 집안일에 허덕여요.

하지만 가족 누구도 천방지축인 조카들 육아와 해도 해도 끝이 없는 가사 일에 힘겨움을 나누거나 알아주지 않아요. 오히려 당연하게 여기죠. 같은 여성인 어머니는 밖에 나가 돈을 버는 여동생에게 안쓰러운 편애를 건네면서도, 정작 주인공에겐 집안에서 살림만 하는 게 뭐 그리 힘드냐며 희생을 종용하는 세뇌를 주입해요. 가족이라는 미명에 한 사람의 희생과 헌신을 갈아 넣는 가족 이데올로기를 가하죠.

그 때문에 책을 읽으며 내내 주인공을 향한 마음이 안타까워요. 할 수 있다면 책 안으로 들어가 그러지 말라고, 온전한 너의 삶을 살라고 손목을 잡아끌어 나오고 싶을 만큼요.

작가는 군더더기 없는 단문으로 비루한 현실의 내면을 꿰뚫고 들어가 천착하고 있어요. 기존에 발표했던 여러 글에서도 가족의 경제생활을 온전히 짊어지는 하층 직군에 있는 여성들 삶에 대해 많이 다루고 있어요.

글 속 그녀들 주위에는 부모 형제와 남편, 자식들 그리고 자본주의 세태 속 익명의 이기적인 남자들이 포진해 있죠. 그들은 하루치의 밥을 벌기 위해 허위허위 세상으로 나온, 딸이며 형제이고 아내이고 어머니인 여자들의 어깨에 악머구리로 달라붙어 진을 빨아대요.

그런 상황을 김이설은 날 것의 비릿한 문장으로 적나라하게 드러내고 있어요. 그로써 세상이라는 공간에서 비루한 수식으로 정체화된 여성들의 지난한 일상을 처절하게 이어 나가죠.

내가 앉아있는 의자와 사람들이 있는 곳으로 환한 햇살이 내렸어요. 어린아이들의 천진한 웃음소리가 대기로 퍼져나가고 부부들과 사랑하는 사람들이 서로 건네는 따뜻한 눈빛이 깊었어요. 하지만 어디선가 다른 누군가 들은 여전히 관계의 비애를 우물거릴지 몰라요. 그 관계가 혼인이나 혈연으로 연결된 가족이라면 더더욱. 각기 속해있는 가족 이형異形의 질량처럼.

♣

도영은 어머니가 떠나버렸을 때 슬프거나 사무치게 그립지 않았다, 원망하지도 않았다, 원래부터 없었던 존재로 무심하게 치부했다… 라고 오래도록 그리 여겼다. 어쩌면 그건 나름 어린 자존심이 내걸고 싶은 최선의 최면이었지 않았을까 싶다.

어머니는 개눈깔에 쿠린 냄새가 배어있는 남편이 지겨웠을 테고, 질척이는 수챗구멍 같은 가난이 진절머리 났을 테고, 인간 구실 할 수 없는 중증 장애를 지닌 아들이 혐오스러웠을 테고, 어미로서 보호해주어야 할 다른 자식도 짐이었을 테고, 타고난 성 욕구를 발산할 수 없는 모든 환경이 족쇄였을 것이다.

도영과 여동생에게 그런 어머니와 살아왔던 시간은 아무 무게를 얹지 못했다. 상실이니 그리움이니 하는 것들은 존재할 이유가 없었다. 쥐어짜듯 애틋한 마음이나마 건져 올리려 해도 도무지 건덕지가 없었던 건, 불우한 환경 속에서 건네받을 어미라는 온기를 갖지 못했기 때문이다. 그랬기에 어머니를 잃은 상실감은 성립되지 않았다.

남동생의 비참한 죽음과 무거운 욕망에 휘둘린 어머니의 떠나버림은 시간이 지날수록 홀가분함이 되었다. 다만 그 과정을 지나며 가져야 했던 흔들리는 가정의 불안과 결핍이, 기울어진 난간으로 도영의 삶에 포악스럽게 드리웠다고만 여겼다.

하지만 돌아보면 어머니에 대한 멀건 감정은 도영 스스로 쳐놓은 지독한 상실감의 다른 함량이었다. 채워질 수 없어 안타까이 갈구하는 헛된 발버둥이, 복병으로 도사렸다가 형체도 불분명하게 스멀대고 기어 나와 갉아대는 거였다. 어느 날 불현듯 절박한 무언가를 끄집어냈던 것도 그 발로의 표출이었을지 모르겠다. 그것의 바탕이 글을 쓰고 싶다는 대체 염원의 꿰였는지도.

18

  도영은 평소보다 일을 마치는 시간이 30분이나 훌쩍 넘었
다. 회식 손님들이 늦게까지 있었다. 단골이라 식당 사장도 빨
리 일어나라고 말하지 못했다.

  식당을 나와 전화기를 열었더니 부재중 전화가 와 있었다.
여자였다. 해야 할 일을 소홀이 밀쳐버린 난감함이 들었다. 발
신 시간을 보니 10분 전이었다. 도영의 일이 끝난 시각이라 전
화한 것 같았다. 부랴부랴 문자를 보냈다.

  일하던 중이라 전화를 받지 못했어요. 정말 미안해요.

  그렇게까지 할 필요가 없음에도 도영은 제때 전화를 받지
못한 게 큰 잘못인 양 아주 미안했다. 집으로 돌아오자마자 씻

지도 않고 여자에게 전화부터 걸었다. 도영이 안달했던 것과 달리 여자의 목소리는 평온했다.

♣

주문했던 책이 어제 도착했어요. 책을 읽느라 하루를 꼬박 보냈어요. 읽던 책을 덮고 시간을 보니 일을 끝냈을 거 같아 전화해봤어요.

항상 책을 주문하고 도착할 때까지 많이 설레요. 포만감이 들면서 달뜨는데 어린 시절 소풍 가기 전날 밤의 설레는 기분 처럼요. 적절할지 모르겠지만 연인을 기다릴 때 마음 같은 거 라면 비슷할까요.

배달된 상자를 받아 들면 우선 느껴지는 무게의 질량에 괜히 뿌듯하죠. 상자를 봉했던 테이프를 벗기면 새 책이 주는 휘발성의 알싸한 냄새에 마음이 부풀고요. 첫 장을 열고 속표지 지면에 손이 닿을 땐 담백한 매끈함에 가슴까지 후둑거려요. 지면을 펼치면 가득 채워진 검은 활자에 아무것도 부럽지 않을 충일감에 휩싸이고요. 읽다가 눈에 담기는 좋은 문장이 있으면 보물을 발견한 것 같죠. 매끈하게 잘 깎은 연필을 대고 밑줄을 그으면 연필심이 닿아 스슥, 거리는 소리와 손가락을 타고 흐르는 촉감에 쾌감 같은 게 휘돌거든요.

♣

여자는 주문했던 책을 받았다고 다소 들뜬 목소리로 말했다. 지금까지 통화를 하면서 그 같은 태도는 처음이었다. 덩달아 도영도 기분이 부풀었다. 전화기의 스피커를 켜놓고 여자의 말을 종이에 적었다.

그녀는 연필을 꺼내 들었다. 날이 잘 선 문구용 칼로 검은 연필심을 매끄럽게 다듬었다. 펼친 책의 지면에 연필심이 닿았다. 스슥, 밑줄을 긋는 순간 손가락을 타고 전해지는 촉감에 찌릿한 전율이 일었다.

도영은 여자가 말한 촉감이 사실 어떤 건지 모른다. 연필을 쥐고 밑줄을 그으면 손에 찌릿한 파장이 전달된다는 느낌이 얼추 짐작되면서도 어디까지나 추상이다. 지금까지 새 책을 사 볼 형편이 되지 못했다. 도서관에서 빌린 책이라 밑줄을 긋는 건 해 볼 수 없었다. 여자가 말하는 새 책의 질량과 냄새, 지면의 매끈함과 충일감이 어떤 건지 경험해 보고 싶었다. 그러나 이내 통장에 든 돈을 헤아려야만 했다.

♣

　주문한 책은 에밀 아자르의 『가면의 생』이에요. 이 책은 이미 읽었으나 지금 지내는 곳은 없기에 또 샀어요. 아, 참 이 작가는 에밀 아자르보다 「새들은 페루에 가서 죽다」를 쓴 로맹 가리라는 이름이 익숙하겠군요. 그는 로맹 가리 말고도 프랑수아 봉디, 포스코 시니발디, 프랑스와즈 로바, 샤탄 보가트라는 이름으로도 작품을 발표했죠. 사실 로맹 가리도 본명은 아니에요. 로만 카체프가 진짜 이름이죠.

　그런데 그는 왜 그리 여러 이름으로 글을 발표했을까요. 그가 사용한 가명들에 대해 지금까지는 별 관심이 없었는데 다시 접하고 보니 어쩌면 혼란스러운 정체성을 드러내는 것일 수도 있겠다는 생각이 들어요.

　그는 유태계 코자크 타르타르인이죠. 모스크바에서 태어나 폴란드에서 성장하다 열네 살 되던 해에 프랑스로 귀화했어요. 러시아인도 리투아니아인도 폴란드인도 프랑스인도 아닌 그에게, 어느 한 곳 명확히 규정할 수 없는 소속 정체성에 대한 확보는 무거웠을까요. 여러 개의 필명을 사용한 것도 그 때문일까요. 혹은 처한 현실에서 수시로 변신하고자 했던 강박은 아니었을지.

『가면의 생』은 소설 형식을 차용한 자서전이에요. 정신병원이 배경으로 정체성의 혼란을 겪는 인물을 다루죠. 나는 누구인가, 나는 왜 글을 쓰는가, 가 이 책의 중심을 이루고 있어요. 그는 글에서 철저히 가면을 쓴 세상 속에서 자신을 숨기는 것이야말로 삶의 실상이라거나 자신을 뱀이 되었다고 여겨요. 타인과 소통하지 않을 권리가 있다는 화자에게 스스로 방어기제를 덧씌우죠.

그런 맥락에서 그를 형성하는 진정한 정체성의 자아는 무엇이었을까를 생각했어요. 더불어 내가 살아가는 과정에서 덧씌우거나 혹은 덧씌울 방어기제는 어떤 형식으로 차용될까, 라는 것도요. 우리 모두 일정 부분 가면의 생을 살고 있다면 말이죠.

에밀 아자르거나 로맹 가리거나 로만 카체프인 그는, 가상의 허구가 아닌 현실에서 한 해가 저물어가는 12월의 어느 날 스스로 입에 권총을 들이밀어 방아쇠를 당겼죠. 그럼으로써 글이라는 허구의 세계와 실상의 세계에서 흔들리던 그의 정체성은 죽음 너머에서 이제 확보되었을까요. 아니면 글에서처럼 여전히 각각의 시공간에서, 진실과 거짓에서, 이성과 비이성의 영역에서 경계의 혼돈을 겪고 있을까요.

♣

　도영은 여자가 말한 에밀 아자르를 알지 못했다. 그가 지닌
여러 개의 이름이 있다는 사실도 처음 들었다. 궁금했다. 시간
날 때 도서관에서 빌려봐야겠다. 메모장에 책 이름을 적었다.
메모장엔 그간 여자가 말한 여러 책의 제목이 쓰여 있다. 그
옆에다 여자가 거론했던 몇 가지 말에 도영의 생각을 겹쳤다.

　여자 혹은 도영의 삶에 *덧씌웠던 방어기제*는 어떤 식으로
차용되었을까. 여자 혹은 도영의 생에서 *가면을 쓴* 건 무엇이
었을까. 여자 혹은 도영의 *정체성 자아*는 어느 만큼의 함량이
었을까.

　알 수 없다. 여자는 알 수 있을까.

♣

　아까 저녁 무렵 거실에서 해가 지는 걸 보았어요. 서편 하늘
에 주황색 채도가 점점이 번지는가 싶더니 이내 청보랏빛으로
물들었어요. 낮 동안 선명하던 세상의 빛들이 흐려지면서 사

위는 어둑해지고 늦가을의 저녁은 삽시에 어둠을 뿌리며 다가들죠. 그럴 때면 사람들은 안온한 곳으로 귀속되고 싶은 심리가 강하게 작용할 거예요.

지내고 있는 집 앞으로 난 6차선 외곽도로에는 많은 차량이 꼬리를 물고 이어졌어요. 차 안에 있는 사람들은 모두 각기의 집으로 돌아가는 거였겠죠. 부모 남편 아내 자식과 형제인 가족이 있는 곳으로요. 그들만의 공간에서 긴밀한 공역의 무게를 나누며 일과를 마친 일상을 위안할 테고요. 가족이 있는 집이란 그래서 존재할 이유가 있겠죠.

외곽도로 건너에는 이 도시의 가장 높은 산에서 발원한 산자락이 동네를 빙 둘러있어요. 중간 지점에는 기차가 다니는 철로가 놓여 있고요. 지난번에 얘기했죠? 내가 지내고 있는 동네엔 간이역이 있다고요.

거실 창으로 기차가 지나가는 걸 자주 볼 수 있는데, 기차를 떠올리면 괜히 아련해지고 낭만 상태가 되죠. 어딘가로 떠나야 할 것 같고 낯선 곳에 대한 막연한 동경으로 설레고요. 여행길의 간이 지점에서 잠시 부렸던 자신의 존재를 안정되게 머무를 진짜 공간으로 다시 돌아오게도 하고요.

해 저문 저녁 속으로 기차는 산자락 밑의 철로를 천천히 지나갔어요. 대기에 검푸르게 퍼진 색채로 기차 안의 불빛이 한층 따뜻하게 여겨졌어요. 거리가 멀어 세세히 보이지 않았으나 안에 있는 사람들도 가족이 있는 곳으로 돌아가는 걸 테고요. 존재할 이유가 분명한 그곳으로요.

어떤 사람들은 그 속에 함께 섞여 돌아가길, 또는 돌아올 누군가를 애타게 갈망하고 있을 거예요. 왜냐면 그들에게는 그런 평범한 일상이 요원할 테니까요. 요원하다는 건 곧 결핍이기에 갈망하는 거죠.

♣

도영은 여자가 말한, 기차에 관한 느낌은 거의 가져본 적 없다. 그러나 지금 듣고 보니 정말 그렇겠다는 생각이 든다. 여자가 펼쳐내는 하루의 마무리가 지어지는 저녁 무렵의 정경 속에, 그간 가졌던 감정들이 건드려지면서 이입되었다.

어린 시절부터 저녁 기척이 석양 틈새로 짙게 스며들면 알 수 없는 감정에 종종 휩싸였다. 검푸른 빛의 어스름이 퍼뜨리는 최면 같은 그리움과 귀속의 향망이었다. 낮 동안의 일상을 지나는 동안 염두에도 없었던 어떤 것들이 뭉클 떠오르며 한구석이 텅 비었다. 딱히 정확한 어느 대상을 향한 게 아니었다. 숨 쉬는 아무 누구라도 함께 같은 공간에서 호흡하며 서로의 숨결을 느끼고 싶었다. 그러지 못한다는 사실이 도드라지면 어떤 파장이 출렁대면서 울음 끝의 딸꾹질처럼 호흡이 끅끅댔다.

아버지가 생각났다. 한쪽 잿빛 눈이 화인으로 지지며 들어찼다. 아버지에게 전화했다.

"어떻게 지내니?"

"잘 지내고 있어요. 아버지는 어떠세요?"

"나야, 늘 그렇지 뭐."

"이제 날이 추워졌어요. 몸 관리 잘하세요."

"너도 감기 들지 않게 불 잘 때고. 밥은 잘 챙겨 먹고 있지?"

아버지는 소소한 것들을 물으면서도 지금까지 한 번도 글 쓰는 걸 묻진 않았다. 혹여 도영에게 부담이 될까 봐서 그럴 것이다.

"그리고 말이다. 네 동생이 지난번에 이러고저러고 한 말을 서운히 생각 말거라."

"네."

"나는 배운 게 없어 잘은 모르겠지만 글자 다루는 게 어디 쉬운 일일까. 나중엔 어찌 되더라도 일단 시작했으니 해 보는 데까진 열심히 해야지. 시간이 더 지나도 성과가 없다면 어쩔 수 없다만."

도영은 뭐라 말할 수 없다. 내세운 명분과 현실 사이의 괴리감이 환기되었다. 주변 사람들에게 괜한 염려와 피해를 준다는 생각이 들면서 반듯한 소용 가치를 세울 수 없다는 게 씁쓸했다.

"몸 잘 챙기거라."

아버지의 말소리에 노쇠한 기운이 물큰 번졌다. 날이 추워
지는데 청소를 하느라 밖에서 종일 지낼 것에 마음 쓰였다. 밤
의 한적한 도로를 전조등을 밝힌 차량이 간간이 지나갔다. 검
은 밤하늘에 가느다란 초승달이 희미하게 떠 있다. 울컥 눈물
이 차올랐다. 아버지가 살아온 삶이 가여웠다.

19

어제 늦은 밤 평소 자주 어울렸던 친구에게서 전화가 왔어요. 목소리에 울음이 차 있어 가슴이 철렁하면서 불길했어요. 그 느낌은 틀리지 않았어요. 친구는 아이가 아픈데 가망이 없을 거라며 누르던 울음을 기어코 터트렸어요. 창자가 끊어지는 울음이 굉음으로 휘돌았어요.

그런 친구 앞에서 아무 말도 할 수 없었어요. 울음이 북받쳐도 최악의 상황에 놓인 자식을 둔 어미 앞에선 감히 소리 낼 수 없었어요. 어미와 자식은 굳이 규정할 이유가 없는 간곡한 유대로 묶였다는 걸 잘 알기 때문에요.

지난봄에 친구 집을 방문했을 때 보았던 친구 아이의 해사한 얼굴이 떠올랐어요. 이모! 이모! 살갑게 부르며 종알대던 모습이 사무쳤어요. 그런 아이가 깊어가는 밤에 어미와 내 울음 속을 둥둥 떠다녔어요.

♣

도영도 울컥했다. 한 번도 본 적 없는 사람인데도, 여자의 친구라는 것만으로 그랬다. 더구나 대상이 자식이었다. 자식을 두어 본 적 없어도 부모에게 자식만큼 거대한 세계가 또 있을까. 그런 존재의 죽음을 준비해야 하는 건 아주 가혹한 형벌일 것이다.

대기는 점점 싸늘해졌다. 날씨 때문에 몸도 마음도 움츠러들고 모든 것에 쇠락의 기운이 짙었다. 바람까지 부는지 창문이 우웅우웅, 흔들렸다.

♣

참척. 아직 어리거나 젊은 자식을 잃는 걸 말하죠. 아주 무서운 말이에요. 자식을 먼저 앞세운다는 건 어떤 형벌보다 중형이에요. 무릇 죽음의 순서에도 나이대로의 노유老幼가 있어야 하건만 운명은 가혹해서 그러지 않을 때가 많죠.

자식을 둔 어미라는 존재는 생물학적 여자의 성性을 부여받았어요. 자궁에 착상된 정자는 난자를 만나 세포 분열로 배아가 되고 어미의 몸을 숙주로 열 달 동안 기생해요. 그동안 어미는 창자를 몽땅 게워낼 헛구역질과 메슥거리는 입덧을 겪어요. 그 때문에 음식을 제대로 섭취하지 못하면서도 몸속의 영양분과 골精을 빼서 태아에게 나눠요. 그러다 보니 어질어질한 빈혈을 달고 살죠. 질환을 앓아도 태아에게 해가 될까 봐 대부분의 약물 복용마저 제한하기에 생으로 통증에 시달리고요.

원래의 체내면적에 태아가 불쑥 차지해 장기들을 압박하므로 시도 때도 없는 잦은 오줌소태며 극심한 변비도 생겨요. 점점 커가는 태아로 심장이며 폐 등에 무리가 가는 부종에다 호흡 가쁨은 물론 자세가 불균형해지며 수면 질의 불량마저 겪어요. 몸 형태는 달이 찰수록 부풀어 피에로처럼 우스운 몰골이 되고 둔한 움직임으로 걸음은 뒤뚱거려서 앉았다 일어나는 것도 힘들어 끙끙 소리가 절로 나죠.

그렇듯 신체에 덮친 급격한 변화에 정신과 감정은 한껏 위축되고 흐려지는 존재감으로 아주 우울해요. 수태하고 있는 동안 한 인간으로서 외형적, 내재적 존엄을 거세당한 채 숙주인 생물학적 성 역할자로만 존재하는 천형을 당하는 거죠.

태아가 꼬박 열 달을 채우고 드디어 세상 밖으로 나오려 할 때도 순순히 나오면 좋겠는데 그건 불가능해요. 짧게는 한나절을 길게는 이삼일씩 하늘이 노랗게 보일 만큼 극한의 진통을 겪죠. 어미는 차라리 죽었으면 좋겠다는 처절함 속에서 네발로 기는 짐승이 되어버려요. 바닥이나 벽, 침상 프레임을 움켜잡고 내장을 끌어올리는 끔찍한 비명을 내지르는 중에도, 분만할 때 대변을 배설하는 걸 막기 위해 미리 장을 비우느라 약제를 복용해요. 그 때문에 배가 배배 꼬이는 고통 속에서 수시로 화장실을 드나드는 배설의 고통 또한 견디기 힘들죠.

의사에게 산도가 열렸는지 확인받기 위해 아랫도리는 헐렁한 환자복 아래 알몸으로 드러나는 민망함은 어떻고요. 진통 주기가 짧아질수록 의사는 자주 어미의 질에 손을 넣어 산도가 열렸는지 확인해요. 치욕스럽지만 정당한 의료행위기에 참아야 하죠.

출산이 임박한 어미는 무거운 몸을 끌고 엉금엉금 기어 분만대에 올라가요. 벌거벗긴 다리가 쫙 벌려진 굴욕스러운 자세로 누워 산통의 공포와 두려움에 떠는 모습은 포획된 짐승이나 다를 바 없어요. 아주 간혹 출산 과정에서 배려 없는 의사와 간호사들이 있어요. 목숨을 저당 잡히며 극한의 진통을 겪는 어미를 두고 어느 식당 음식이 맛있거나 별로였다거나 또는 자신들의 소소한 일상에 대해 떠들어대요. 그들에게 둘러싸여 그런 말을 듣는 어느 어미에겐 누군가의 소소함만도 못한 한낱 번식 매개물이라는 비참함이 옥죄죠.

차라리 죽는 게 나을 정도의 극심한 고통을 겪으며 자궁문이 열려서, 산도로 태아의 머리 일부가 비치면 의사는 날이 잘 선 수술용 칼로 마취도 없이 회음부를 절개해요. 스슥! 생살을 찢는 날카롭고 서늘한 칼의 움직임과 소리는 촉감과 청각을 덮치며 소름 끼치게 해요. 그래도 어미는 출산의 고통이 너무도 극한이어서 생살이 찢어지는 아픔쯤은 아무것도 아니에요.

그것뿐인가요. 태아가 나오면서 어미의 몸이 흘린 피는, 분만대 밑에 받쳐 놓은 한 말들이 양동이 크기의 용기에 검붉은 선혈로 가득 차요. 생피가 풍겨내는 뜨끈하면서 비린 냄새에 몸서리쳐지는 눈물이 흘러요.

자궁을 막 빠져나온 태아는 대부분 인간의 모습 같지 않게 흉해요. 끈적하면서 미끈거리는 피 섞인 양수를 뒤집어쓴 채 눈도 못 뜨고 그악스럽게 울어대요. 어미는 외계인 같은 생명체를 바라보며 생명에 대한 경외감보다 막막함이 앞서요. 자신의 삶 말고도 평생을 자식이라는 또 한 세계를 책임져야 하는 심장 뻐근한 두려움 때문에요.

한 생명을 품었다가 내놓는 어미의 몫은 그걸로 끝이 아니에요. 본격적인 건 그 후부터죠. 세상에 태어난 아이는 제 몸을 스스로 가눌 수 없어요. 어미의 몸은 아이를 낳느라 사대육신

뼈마디가 벌어지고 장기도 다 흐트러졌어요. 그것들이 제자리를 찾는 동안 질 좋은 영양 섭취와 안정을 취하며 몸을 추슬러야 하지만 그런 건 사치예요. 몇 년이라는 일정 시기 동안 매일의 24시간 아기의 똥오줌을 받아내며 일일이 먹이고 씻기고 입히며 제대로 자지도 못하고 독박으로 돌봐야 해요. 그로 인해 자칫 평생을 고질병인 근육과 뼈 마디마디가 욱신대는 산후통과 육아통을 감수해야만 하죠.

그뿐인가요. 출산하기 전의 커리어나 인적네트워크, 사회생활과 자기 계발 지속 유지는 꿈도 꿀 수 없어요. 아이를 보살피느라 먹고 자고 씻는 일상의 가장 기본인 행위마저 제때 할 수 없어 짐승 같다는 자괴감에 시달리죠. 더불어 출산에 따른 호르몬 변화와 고유한 개별적 존재감이 형성될 수 없는 육아 환경으로 심각한 우울증세까지 겪어요.

이후에도 자신의 고유한 삶은 거의 성립될 수 없이 인생을 오로지 아이를 위해서만 갈아 넣어요. 유치원, 초등학교, 중학교, 고등학교, 대학교 과정을 마치는 동안 엄청난 경제 지출을 쏟아 부어야 하는 건 어떻고요. 그 때문에 육아와 가사 노동에다 맞벌이의 직장 업무 노동이라는 경제 창출도 병행하는 고된 전천후 생활인이 돼야만 하죠.

그렇게 자식을 성인으로 키워냈어도 어미는 부모라는 이름으로 여전히 자식 이데올로기에 묶일 수밖에 없어요. 애면글

면하며 전전긍긍 헤어날 수 없는 족쇄를 차는 거죠. 착상이 시작된 이후부터 쭉 주 양육자인 어미의 삶을 갈취하는 것이 그렇듯 인간 종이라는 자식의 본태인 거예요. 그런데도 어미는 몸속에 두었던 기생물인 아이가 무엇과도 비할 수 없이 귀하고 애틋해요. 자식을 위해서라면 불구덩이에도 뛰어들 수 있고 목숨과도 맞바꿀 수 있을 만큼요.

그걸 제도와 관습, 가족 이데올로기는 '위대한 모성'이라고 명명하며 찬란한 모성 신화를 만들어내죠. 이면에 잔혹하게 퍼진 한 인간의 극한 제물성은 밖으로 뛰쳐나올 수 없게요. 그래도 어미에게는 그런 것들마저 별 의미가 되지 못하죠. 왜냐면 자식은 그냥 자신과 하나이기에.

♣

여자의 말은 길게 이어졌다. 중간중간 슬픔을 누르느라 힘겹게 침을 삼키면서 생물학적 여성이 겪어야 하는 수태와 출산, 양육과정을 말했다. 그에 대해 그토록 세세히 아는 걸 보면 여자가 결혼하지 않았을 거라는 도영의 짐작은 아닌가 보았다.

도영은 어미라는 존재들이 목숨을 저당 잡히면서 임신과 출산한다는 걸 오늘 처음 들었고 알았다. 세상의 어미들은 당연히 그런 줄 알았다. 수태한 아이도 때가 되면 그저 태어나고 자라는 줄 알았다. 여성들이 겪는 생산과 양육과정에 대해선 한 번도 아니, 꿈에서도 염두에 둘 일이 아니었다. 생물학적 남성성을 부여받은 도영으로선 겪을 일이 아니었고 경험하지 못할 현상이기에 짐작조차 할 수 없는 처절함이었다. 듣는 것만으로 몸이 오그라들 지경이었다.

♣

박경리의 「불신시대」와 박완서의 「나의 가장 나종 지니인 것」에는 자식을 잃은 어미들이 있어요. 그 통한을 두 작가는 고유한 필력으로 절절히 펼치고 있는데 작가로서의 단순한 서술만은 아니에요.

글 속의 한 어미는 6·25 전쟁 중에 남편을 잃고 어린 아들마저 교통사고를 당했어요. 아들이 마취도 못 한 상태에서 무자비한 수술을 받는 걸 지켜보면서 겪을 고통에 몸서리치며 미칠 거 같아요. 결국 의사의 무관심으로 아들은 세상을 뜨고 말죠.

또 다른 어미는 대학생 아들이 민주화 시위 과정에서 죽음을 맞아요. 어미는 세상과 담을 쌓으며 고통과 슬픔에 잠겨 있어요. 그런 어미에게 죽은 아들에게 씌워진 민주투사라는 거창한 덮개는 아무 위안도 되질 않아요.

그들이 바라는 건 오직 아들의 실체를 안고 싶은 거예요. 아들을 눈에 담고 만지고 목소리를 듣고 냄새를 맡고 싶은 거예요. 실팍한 살이 될 맛난 밥을 해 먹이고 따뜻이 걸칠 옷을 지어주고 평범한 일상을 같은 시공간에서 함께 하고 싶은 거예요.

그러나 간절한 소망은 현실에서 부유조차 할 수 없어요. 오죽하면 둘러싼 세상에 대한 불신의 분노로 아들의 위패와 사진을 어미가 불태울까요. 오죽하면 교통사고로 하반신이 마비됐고 치매까지 걸린 아들을 둔 친구를 부러워할까요. 그만큼 숨 쉬고 있어 함께 바라볼 수 있는 것만으로도 간절함이 되는 거죠.

실제 어리고 젊은 아들을 잃은 어미였던 두 작가의 삶은 어땠을까요. 참척의 고통은 날카로운 갈고리로 평생 할퀴었겠죠. 실체화할 수 없는 자식을 허상으로 껴안고 너덜너덜해진 아픔과 그리움을 삭이며 한 생을 허허롭게 지나왔겠죠. 가장 원초적이며 분신인 또 하나의 자신이었던 자식을 가슴에 묻은 채.

두 작가의 글을 읽다 보면 누가 가슴팍을 마구 움켜쥐고 흔들듯 아파요. 아프다고 비명을 지를 수도 없을 만큼요. 홀로 부여잡고 짐승 같은 소리만 목울대에서 끅끅거릴 뿐이에요.

그렇듯 잔혹하게 아픈 그리움이 또 있을까요….

♣

　여자의 잔혹하게 아픈 그리움이라는 말에는 형언하기 어려운 무자비함이 섞여 있었다. 도영은 감당해 본 적 없는 감정이었다. 하지만 지금 여자의 말을 듣고 나니 대부분 어미가 그럴 거라 감응되었어도 모두에게 적용되는 건 아니었다.

　가족을 버리고 떠난 어머니가 생각났다. 어머니에게만은 그 감정을 완강히 부정하고 싶다. 세상의 모든 어미가 그토록 자신의 전부를 자식을 위해 갈아 넣었다 해도 어머니만큼은 아니라는 생각이 단호했다. 무엇보다 남동생이 불에 타 죽었을 때 어떤 심정이었을지, 장애를 지녀 사람 구실 못 했어도 제 속으로 낳은 자식의 비참한 죽음에 애가 끓는 아픔은 있었을지 소리쳐 물어보고 싶다.

　살면서 어쩌다 어머니가 생각날 때가 있었지만 스치는 바람처럼 아주 잠깐이었다. 그리움이나 걱정에서의 안부가 아니었다. 왕래가 거의 없는 먼 친척 중 누군가 심상히 떠올랐다 사라지는 것과 같았다. 이젠 어머니의 얼굴도 기억에 흐릿했다. 지금이라도 옆을 지나간다면 내가 어미다, 라고 하지 않는 이상 알아볼 수 없을 거 같다. 무심하게 지나치는 행인일 테다.

여자가 다시 말을 이었다.

♣

그녀의 얘기를 좀 더 해 볼까요. 삶을 스스로 놓으려다 살아 난 그녀는 어찌 되었을까요. 잘 지냈을까요?

그녀의 아들은 여덟 살이 됐어요. 새해가 된 1월이었어요. 3월이면 초등학교에 입학할 아들은 매일매일 즐거웠어요. 학 교에 들어가면 정말 멋진 형아가 되는 거라고 그녀가 말해 주 었거든요.

아들은 그녀가 사 준 책가방을 자주 메어 봤어요. 거울에 비 친 모습이 제법 형아 같았거든요. 아들은 학교에 빨리 가고 싶 은데 시간은 느리게 흘렀고 마음이 설레서 잠도 잘 오지 않았 어요. 그런 아들을 이불에 누이며 그녀는 짐짓 엄하게 말했어 요.

의젓한 형아가 되려면 일찍 자야 하는 거야!

아들은 억지로 눈을 꾹 감더니 오 분도 지나지 않아 잠이 들 었어요. 옆집 형들을 따라다니며 노느라 고단했던지 코까지 골 았어요. 그녀는 그 모습이 귀여워 볼에 입을 맞추었어요. 비록 먹고 사는 일이 고달팠지만 감사했어요. 이렇게 추운 날씨에 함께 따뜻한 방에서 지낼 수 있고 배 곯리지 않고 키울 수 있다는 것에요. 크게 아픈 데 없이 잘 자라주는 것도 고마웠고 어느새 자라 학교에 입학하는 것도 대견했어요.

살아있다면 함께 기뻐했을 남편이 생각났어요. 아들이 중·고등학교와 대학을 졸업한 뒤 군대를 다녀오고, 취직도 하고 사랑하는 사람을 만나 결혼하는 걸 볼 수 있다면 얼마나 좋아했을까요. 그 과정을 혼자 지켜봐야 하는 것에 그녀는 한없이 쓸쓸했어요.

다음날이었어요. 그녀가 일하러 나가 있는데 오전 11시쯤 아들에게서 전화가 왔어요.

엄마, 옆집 형들이랑 개울에 가도 돼? 형들이 썰매 타러 간대.

동네 끝에는 강줄기가 갈라지는 곳이 있었어요. 강이라곤 하지만 큰 개울 정도였어요. 그러나 중심으로 들어가면 어른 키 높이를 넘는 깊이였어요. 어른들은 여름이면 아이들에게 깊은 곳에 들어가지 말라고 자주 이르곤 했어요. 그래서 노파심에 말렸어요.

추운데 집에서 놀아.

히잉, 가고 싶은데. 집에 있으면 심심하단 말이야!

그녀가 일하는 동안 혼자 있으면서 아침에 나올 때 차려 놓은 식은 밥을 먹는 아들이 짠했어요. 그 마음이 어쩔 수 없이 놀러 가는 걸 허락했어요. 그리고 옆집 형제가 있으니 잘 돌봐 줄 거라 여겼어요. 평소에도 아들은 서너 살 많은 옆집 형제를 잘 따랐고 형제는 사이좋게 잘 놀아주었거든요.

그럼 오래 있지 말고 한 시간만 놀다 오는 거야. 위험하게 놀지 말고. 알았지?

그녀는 일을 마치고 저녁에 들어갈 때 아들이 좋아하는 치킨을 사야겠다고 생각했어요. 지난번에 먹고 싶다고 했는데 생활비가 빠듯해서 사 주지 못했거든요. 입가에 기름을 묻히면서 작은 입을 오물거리며 맛나게 먹을 모습이 그려졌어요. 넉넉하지 않은 형편이지만 열심히 벌어서 사 줄 수 있다는 것에 또 감사했어요.

그런데… 산다는 건 왜 이리 힘들까요. 누군가의 삶에선 왜 많은 것들이 가없이 스러지는 걸까요. 그날 한 시간만 놀다 오겠다던 아들은 영영 돌아오지 못했어요. 일을 끝내고 아들에게 먹이려고 치킨을 사 가려 했지만 그럴 수 없었어요.

아들은 얼음이 언 개울에서 썰매를 타다 물에 빠졌어요. 며칠 기온이 오른 날씨에 얼음이 녹아 얇아진 곳에서 놀다 변을 당한 거예요. 같이 있던 아이들이 놀라서 우왕좌왕하느라 신고가 늦었어요. 구조대가 출동해서 건져냈지만 삼십 분이나 지난 후였어요.

물에서 건져낸 아들은 시퍼렇게 굳었어요. 그녀는 겉옷을 벗어 덮어 싸안고 미친 듯 몸을 주물렀어요. 아이에게서 뚝뚝 떨어지는 물기가 그녀를 흠씬 젖게 했고 추위에 뺨과 입술마저 시퍼렇게 얼었어요. 그래도 연신 아이의 입에 숨을 불어넣고 있는 힘을 다해 주무르며 소리쳐 말했어요.

아가! 아가! 엄마가 안았어. 엄마가 따뜻하게 해 줄 거야! 그러니 눈 떠봐, 응?

그녀가 나머지 옷마저 벗어 아들에게 덮자 얇은 속내의 차림이 됐어요. 구조대원들이 그녀와 아이에게 모포를 겹으로 덮어씌워 구급차에 실으며 소리쳤어요.

이러시면 안 돼요! 아주머니도 저체온이 되면 위험해요!

그녀는 차 안에서도 이미 호흡이 멈춘 아이를 품에서 놓지 않았어요. 계속 몸을 주무르며 입을 벌려 숨을 불어넣었어요. 함께 있던 구조대원들이 얼굴을 돌리거나 눈가가 젖었어요. 삐용삐용대는 구급차의 사이렌 소리가 삭막한 겨울 추위 속으로 황막하게 퍼져나갔어요.

♣

여자의 말에 도영은 많이 놀랐다. 이런 극단적인 전개일 거라고는 전혀 생각하지 못했다. 가슴이 미어졌다. 혹독한 추위에도 옷을 다 벗어 젖은 아이를 싸안으며 미친 듯 주무르던 그녀가 견딜 수 없이 아팠다. 눈물이 주르륵 흘렀다. 세상의 여러 죽음에서도 자식의 죽음만큼 절통한 게 있을까, 더구나 어린 자식을. 자식을 키워본 적 없으나 자식이 죽는 고통은 어떤 말로도 형용할 길 없다는 걸 당연히 안다.

그녀 같은 또 다른 모습을 지난날 보았다. 아버지였다. 집에 불이 났다는 연락을 받고 아버지가 도착했을 땐 모든 상황은 종료되었다. 소방대원들이 남동생의 시신을 들것에 싣고 있었다. 아버지는 달려가느라 신발이 벗겨진 맨발로 바짝 쪼그라든 나무토막 같은 남동생을 끌어안았다. 허어엉! 아버지에게서 큰 숨을 내쉴 때 같은 울음이 삐져나왔다. 어디가 눈이고 코, 입인지 어디가 손가락인지 알 수 없는 한 줌 덩어리인 시신을 절박하게 어루만지는 손에 검은 재가 묻었다. 아버지는 어떻게든 살려보고 싶어 사체가 된 동생의 입을 한껏 벌려 숨을 불어넣었다. 지켜보던 소방대원들이 아버지를 만류하며 떼어놓았다. 주검에 비벼댔던 아버지의 얼굴이 시커멨다.

화재로 집이 없어져 식구들은 동네 허름한 여인숙에서 당분간 지냈다. 여인숙 뒤편으로 경사진 축대가 있었다. 사이에 바특한 공간이 있었다. 워낙 좁아 한 사람 들어서기도 쉽지 않은 그곳은 햇빛이 들지 못해 응달이었다.

식구들은 축대 쪽으로 난 방에 묵고 있었다. 어머니는 또 어디론가 나갔고 여동생은 잠들어 있었다. 낮이라 여인숙 안에는 사람들이 거의 없었다. 어디선가 남자의 울음소리가 들렸다. 안으로 고통스럽게 말리는 울음은 함께 딸려 들어갈 듯 아팠다.

도영은 밖으로 나왔다. 소리 나는 쪽을 찾아 축대로 왔을 때 한 사람이 등을 보인 채 비좁은 곳에 끼어 울고 있었다. 아버지였다. 짜하게 내리는 햇살은 아버지가 있는 곳까지 닿지 않았다. 바깥의 환한 햇살과 어둑한 축대 안의 서늘함은 극명한 경계였다. 그 속에서 아버지는 누군가를 부르며 홀로 울었다. 남동생의 이름이었다.

그 후에도 그런 아버지의 모습을 몇 번이나 더 보았다.

♣

그녀는 죽은 아들을 남편 곁에 두었어요. 어린 아들이 남편과 같이 있으니 그나마 안심이 되었어요. 남편 또한 아들과 함께여서 외롭지 않을 테고요. 그곳은 깊은 산에서 발원한 물이 흐르는 개울과 많은 나무가 있는 숲이에요. 그곳에서 그들은 바람과 비와 햇살과 공기로 머물고 있어요.

그녀는 남편이 떠났을 때와 마찬가지로 울지 않았어요. 많

은 날을 그저 가슴에 눌러두었어요. 정 견디기 힘들면 응어리
진 울음 한 자락 뜯어내어 속으로 풀어놓을 뿐이었죠. 그럴 때
마다 자살을 시도하고 죽음의 암흑에 발을 들여놓던 순간 보
이지 않는 너머에서 와왕! 터지던 아들의 울음을 떠올렸어요.
응급실 옆 병상에서 임종을 맞았던 노인의 마지막 눈빛과 눈
물도 떠올렸어요. 돌아오라던, 살아보라던 그들이 그녀를 간
신히 지탱했어요.

　그녀는 처음부터 혼자였듯 대기의 먼지와 공기처럼 자신에
게 무게를 싣지 않았어요. 남편과 아들이 있는 곳의 바람과 햇
살과 흐르는 공기를 먼 곳의 노래처럼 궁굴리기만 했어요.

　그들이 그리울 때마다 잠을 잤어요. 꿈속에서 그녀는 숲에
있는 그들을 만나 함께 있었어요. 그 속에는 세 식구가 오롯했
어요. 예전처럼 그들을 위해 청소를 말끔히 했고, 그들이 벗어
놓은 옷도 깨끗이 세탁해서 말간 볕 아래 널어 뽀송하게 말렸
어요. 어느 날의 꿈속에선 그들이 좋아했던 음식도 만들어 같
이 먹었고 서로 정겹게 껴안으며 환한 햇살 같은 웃음을 지으
며 행복했어요.

　그러나 잠이 깨면 모든 게 텅 비어버린 허상으로 아프게 덮
쳤어요. 학교에 메고 가보지 못했던 아들의 책가방을 꺼내 오
래도록 어루만졌어요. 아들이 입었던 옷들과 베고 잤던 베개를
꺼내 깊게 깊게 냄새를 맡았어요. 그들이 너무 그리워 그것들

을 껴안고 그들을 만나기 위해 다시 또 잠들었어요.

한동안 그런 나날의 반복이었어요. 그럴수록 그녀는 거뭇하게 사위어가는 재였어요. 그녀가 있는 공간은 삭막한 무채색으로 허허롭기만 했어요.

그녀의 아들은 살아있다면 지금 스무 살일 테고 대학생이 됐겠죠. 그녀는 지금까지 아들의 앞날에 대한 준비를 꾸준히 해왔어요. 중·고등학교와 대학교에 입학할 때 쓸 비용을 시기마다 미리 적금을 들어서 마련했어요. 요즘은 결혼자금을 마련하려고 따로 적금도 들고 있어요. 현실에 없는 아들에게 사용할 일은 없겠지만 그렇게라도 떠난 아들의 무게를 가볍게 할 수 없어서겠죠.

♣

여자의 이야기를 듣는 동안 밤은 깊어졌다.

"시간이 꽤 깊었나 봐요. 그만 통화를 마쳐야겠어요."

여자는 담담히 말했다. 이야기 속 그녀의 미어지는 아픔을 처연히 말하던 기색은 없었다. 내리는지도 잘 모르는 사이 어느새 옷을 젖어버리게 만든 비 끝의 하늘처럼 말겠다.

도영은 어떤 종교도 갖고 있지 않았으나 통화가 끝나고 기도했다. 여자의 이야기 속 그녀의 오늘 밤 잠 속이 더 이상 아프지 않게 해달라고. 남편과 자식을 모두 잃고도 소리 내어 울지 못했던 그녀를 지탱한, 스스로 삶을 마친 누군가의 살아보라던 눈물을 생각했다. 그 눈물 속에 도영의 간절한 기도와 애틋함도 섞이게 해달라고 빌었다.

냉장고를 열었다. 지난번 경주가 사다 놓은 캔 맥주가 있었다. 하나를 꺼내 벌컥대며 단번에 마셨다. 차가운 액체가 갑자기 흘러들자 커다란 얼음덩이가 뭉텅 들어찬 것처럼 가슴 속이 아주 시리며 숨이 턱 막혔다. 도영은 주저앉아 가슴을 움켜쥐었다.

잠자리에 들었다. 머리가 띵했다. 한참을 뒤척거리다 어찌 잠이 들었지만 삼사십 분쯤 가수 같은 잠을 자고는 다시 깨버렸다. 머리가 불쾌하게 지끈거렸다. 술 때문인지 다른 무엇 때문인지. 밖의 어둠은 가늠할 길 없이 깊었다.

20

오전 일찍 경주가 문자를 보냈다.

이제 그곳에 가지 못하게 됐어. 우리 정리하는 걸로 하자. 잘 지내.

이별을 말하는데 많은 것들이 필요하지 않았다. 세 문장으로 족했다.

경주와의 헤어짐은 충분히 예상했던 상황이었음에도 막상 현실이 되자 도영은 흔들렸다. 새삼스러운 그리움이 밀고 올라왔다. 옆에 있을 거라고 당연하게 여겼던 것이 없어지고 나서야 비로소 의미 있었다는 걸 알았을 때 마냥 회한이 들었다.

힘이 빠지며 아무 데라도 털썩 주저앉고 싶었다. 치미는 울음이 목울대를 쳤으나 꿀꺽 삼켰다. 뻔히 여겼던 결론인데 새삼 그리움이니 회한이니 자기연민에 갇혀선 안 된다고 스스로를 압박했다. 어지러운 낙서로 가득 찼던 지난 시간의 지면을 가루로 만들어 흔적 없도록 날려야 했다.

전화기를 들었다. 아주 천천히 문자를 입력했다.

그 간 고 마 웠 어. 잘 지 내.

경주와 함께 한 도영의 5년은 두 문장으로 마무리되었다.

♣

도영은 오전 동안 어찌 보냈는지 몰랐다. 비질한 듯 말끔한 백지만 남았다고 애써 여겼음에도 매시간 매분 와 닿는 시간이 텅 빈 바람이 되어 가슴을 휘돌았다. 아무것도, 아무 생각도 하지 않고 침대에 멍하니 누워있기만 했다.

오후 들어서는 경주가 남긴 흔적을 정리했다. 칫솔, 숟가락과 젓가락, 컵, 샘플용 화장품 몇 개, 브래지어와 팬티, 생리용 패드 몇 개, 장 볼 걸 적은 경주의 글씨로 쓰인 메모지, 실내에서 입었던 티셔츠와 반바지, 몇 개의 머리 고무줄과 머리핀이었다. 그것들을 비닐봉지에 담아 쥐어 보았다. 가벼웠다. 적지 않은 기간 동안 함께 했던 흔적으론 아주 소소했다.

오후가 이울어서 첫 끼니를 먹었다. 배는 고프지 않았으나 저녁에 식당에서 일하려면 뭐라도 채워야 했다. 평소에 빨리 후루룩 먹던 것과 달리 밥을 맹물에 말아 반찬도 없이 천천히 꼭꼭 씹어 삼켰다.

일하는 동안 상복부에 통증이 일었다. 이러다 말겠지 했는데 증세는 점점 심해졌다. 식당 옆에 있는 약국을 찾았더니 약사는 위경련인 것 같다며 위장약을 주었다. 일단 먹어보고 계속 그런다면 병원에 가보라고 했다.

미끄덩한 현탁액은 느글대며 잘 넘어가지 않았다. 눈을 질끈 감고 억지로 삼켰더니 구토가 났다. 약물이며 속의 것들을 다 게워내고 말았다. 좁고 지저분한 골목의 건물 벽을 붙잡고 웩웩거리는 몰골이 초라했다. 콧물과 눈물이 추레하게 흘렀다.

일을 끝내는 동안 달라붙는 슬픔을 누르는 건 힘들었다. 원룸으로 돌아와 현관을 들어섰을 때 억지로 구겨 넣었던 슬픔을 비로소 토해냈다. 경주가 떠났다는 사실을 주체할 수 없었다. 신발도 벗지 않고 현관 바닥에 쪼그려 앉아 마른 울음을 킹킹거렸다. 경주에게 전화를 걸어 말하고 싶었다. 조금만 더 봐주면 안 되겠니? 라고. 하지만 고개를 저었다. 이미 정리한 상대에게 더 이상 질척거려선 안 되는 거였다.

밖에서 흘러드는 흐릿한 불빛이 불 켜지 못한 실내로 병약한 환자의 숨결로 새어들었다. 마구 흔들리는 감정을 어딘가에 절실히 기대고 싶었다. 여자가 떠올랐다. 전화기를 꺼냈다. 여자의 번호를 찾아내서 물끄러미 바라보았다. 늦은 시간에 전화를 걸어도 되는 걸까, 한참 망설이다 눌러버렸다. 전화 연결음을 듣고 있는데 받지 않으면 어쩌나, 가슴이 쿵쿵 흔들렸다. 다행히 여자는 전화를 받았다. 드라마를 보는 중이라고 했다.

여자에게 떼쓰듯 무작정 말하고 싶었다. 지금 나를 만나주면 안 되겠어요? 그러나 전혀 다른 말이 나왔다.

"날씨가 많이 차요. 잘 지내고 계시죠?"

♣

낮에는 부석사를 다녀왔어요. 십여 년 전부터 매년 봄가을이면 다녀오던 곳인데 올해는 어쩌다 보니 시기가 늦어버렸어요. 볼일 보러 나왔다가 문득 생각났고 가로수에 막바지 단풍이 든 걸 보면서 가보고 싶었어요. 걸친 차림이 코트에 앵글부츠여서 절을 찾기에는 편치 않았지만 다시 집에 들어가서 갈아입기도 번거로워 그대로 출발했죠.

한 시간 넘게 차를 달려 부석사에 도착했더니 산속이라 이미 단풍도 다 지고 절 아래 초입의 난전 상인들도 철수했더군요. 평일인데다 기온도 찼고 바람결마저 거칠어 절을 찾은 사람만 어쩌다 보일 뿐 썰렁했어요. 사실 부석사를 찾으면 달리 뭘 하지는 않아요. 그곳을 흐르는 시간의 결에 나를 그저 얹는 것 말고는요.

절에 들어서 대웅전 도량과 둘레를 천천히 돌아보곤 삼성각 옆으로 난 돌계단을 올랐어요. 지대가 높은 그곳에 서면 사찰 경내와 절 아래 저 멀리 소백산 자락이 아스라이 펼쳐진 걸 볼 수 있어요. 드넓은 바다 같은 곳에 나를 텀벙 담가버리고 싶을 만큼 그 정경은 무량했어요. 그곳을 내려다보며 가슴에 담아 두었던 사람들 이름을 하나하나 불러보았어요. 그들의 모습이 눈앞이어서 생생하거나 지나간 흐릿함으로 다가들다가 거친 바람결에 속절없이 흔들리고 말더군요.

한참을 있다가 계단을 내려와 경내를 한 바퀴 더 둘러보고 일주문을 나왔어요. 주차장으로 내려가는 비탈진 길의 노면이 거칠었어요. 바닥은 온통 자잘한 돌들이 있어서 걷기 불편했어요. 신발은 굽이 높거나 뾰족하진 않았지만 그래도 구두였거든요. 경사지를 내려가노라니 다리에 잔뜩 힘을 줄 수밖에 없었어요.

어느 지점에서 작은 돌멩이 하나를 삐끗 밟으면서 휘청했어요. 넘어지지 않으려 안간힘을 쓰는데… 순간 부질없다는 생각이 들면서 애쓰고 싶지 않았어요. 체념이 들었고 그만 몸에서 힘을 쭉 빼버렸어요. 이내 두 무릎이 꺾이며 바닥을 대차게 찧었는데 눈물이 찔끔 날 만큼 어찌나 아픈지요. 어른이라는 체면만 아니라면 아프다고 엉엉 울어버리고 싶더라고요.

아무튼 넘어졌으면 얼른 툭툭 털고 일어나야 하는데 그러지 않았어요. 아무 생각 없이 한참을 주저앉아 있었어요. 문득 후련함이 드는 거예요. 그런 거 있잖아요. 차라리 잘 됐어, 같은. 할 수만 있다면 넘어진 김에 다리를 뻗고 뇌가 아예 없는 것처럼 오래도록 망연히 있고 싶더군요. 그건 아마도 짓누르는 많은 것들을 그렇게라도 벗어내고 싶었던 건지 모르겠네요.

계속 주저앉아 있을 순 없어 일어서는데 몸무게가 체감상으로 100킬로나 되듯 둔했어요. 무거운 짐을 들어서 육체의 힘이 소진된 것처럼 일부러 끙, 소리를 내며 일어났어요. 땅에 찧었던 바지를 보니 흙먼지가 묻어 있었어요. 흙바닥을 짚었던 손으로 무심코 털었더니 바지가 검은색이라 덧칠한 것처럼 더 허옇게 돼버렸어요. 털어 봐도 소용없어 그만 흙이 묻은 채 터벅터벅 걸어 내려왔어요.

집에 돌아와서 옷을 갈아입는데 무릎 피부가 벗겨져서 피가 났고 푸릇한 멍까지 들었더군요. 넘어질 때 바지의 천에 세게 쏠렸나 봐요. 흔적은 한동안 남아있겠다는 생각이 들었어요.

♣

여자는 이번엔 그녀를 거론하지 않았다. 그래도 알 것 같다. 여자의 이야기 속 그녀든 실제의 여자이든 그들이 체념했던 많은 흔적을. 그들이 등가의 무게로 평행을 이루고 있다는 걸.

그녀는 내리막에서 무릎이 꺾이며 넘어질 때 부질없다는 생각에 체념했다. 바닥에 다리를 뻗고 뇌가 없는 것처럼 오래도록 주저앉아 있고 싶었다. 무릎에 난 상처를 오래도록 내려다봤다. 심층에 자리할 또 하나의 흔적이었다.

도영은 만든 문장을 되새김했다. 뇌가 없는 것처럼 언제까지고 주저앉고 싶었다는 말에 착잡했다. 얼마나 힘들었으면 그런 생각을 했을까 싶었다. 그럴 만큼 지나온 시간이 힘들었다는 것일 텐데… 넘어졌을 때 옆에 있었다면 같이 주저앉아 있거나 일으켜서 업어주고 싶은 심정이다. 할 수만 있다면 당장 여자의 집으로 가서 무릎에 난 상처에 약을 발라주고 얼마나 아팠냐고 어루만져주고 싶다.

그러고 보니 도영은 온종일 갈피를 잡을 수 없어 힘들었던 걸 여자의 말을 듣는 동안 잊고 있었다. 경주가 떠난 사실이 전

혀 생각나지 않았다. 오로지 여자가 힘들었을 것에만 온 신경
이 쓰였다.

♣

아, 지난번 파미르고원 가는 길을 얘기하다 말았죠?

우리가 살아가면서 걸어야 할 길의 방향은 무수할 거예요.
사람들은 그 속에서 각자가 가늠하는 무게의 질량을 대입하겠
죠. 가볼 수 없어 벅찬 기대를 안거나 혹여 오판이면 어쩌나 불
안하면서도 미지로 발걸음을 뗄 테고요. 그런 걸음들이 모여
실패든 성공이든, 희열이든 좌절이든 삶의 여정에서 각자만의
고유한 행보가 되겠죠. 가득 채운 염원이 곧 현실이 될 거라 굳
게 믿으면서 말이죠. 혹은 그조차 성립시키지 못하고 주저앉
기도 할 테지만.

파미르고원으로 가는 길은 혹독한 겨울과 찰나 같은 짧은
여름만 있는 황무지였어요. 어디든 잿빛 토양과 바위뿐이었
죠. 그 속에서 계속되는 척박한 산과 들을 보며 막막한 심정이
되었어요. 잠시, 잠시 나타나는 푸른 수목들을 꿈결 같은 신기
루로 스치듯 지나치면 가득 움켜잡았던 모래가 손가락 사이로
빠져버린 허무함이었어요.

어느 길에선 수행을 위해 계속 길을 가는 한 여자를 보았어요. 일상에서 취해야 할 많은 짐이 담긴 수레를 힘겹게 끌고 있더군요. 참 역설적이었어요. 무언가를 비우기 위해 가는 길이라면서 다시 일상의 짐을 낑낑대며 끄는 인간의 삶이 쓸쓸했어요. 그러나 곧 이해해야 했어요. 어쩔 수 없는 거죠. 수행하더라도 살아야 하니까. 그러자면 육체를 지탱해 줄 영양소를 섭취하고 거친 기후에서 몸을 보호해줄 옷가지와 침구가 필요할 테죠.

목적지까지 계속된 오체투지를 하는 한 남자도 보았어요. 거친 길바닥의 마찰에서 몸을 보호하기 위해 손바닥과 무릎에 두툼한 보호대를 착용하고 있었어요. 대여섯 발자국마다 사지를 길에 던지며 거친 호흡으로 힘겨워했어요. 그렇듯 육신을 혹사하면서까지, 반면 육신을 보호하기 위해 보호 장비를 버겁게 걸치면서까지 남자는 무엇을 찾으려고 했을까요. 일상의 삶에선 결코 찾을 수 없는 높은 곳의 이상향이었을까요.

척박한 길 위의 한 여자와 한 남자를 보며 결국 삶은 도돌이표라는 생각이 들었어요. 어딘가로 나아가고 무언가를 벗어내려 하지만 주체가 뿜어내는 수많은 욕망 안에서 뱅뱅 돌고 있는 건 아닌지.

그들은 무엇을 버리고 무엇을 얻으려고 혹은 무엇을 깨닫기 위해 저토록 힘든 노정을 가고 있는 건가, 라는 궁금증이 들었어요. 과학 문명인 자동차에 앉아 편히 가고 있는 내게 대신 물었으나 대답할 수 없었어요. 내가 지나고 있는 현생의 시간 속에서 나라는 개체의 의미마저 파악하지 못하니 말이에요. 나 또한 수많은 욕망 안에서 뱅뱅 돌고 있는 우주 속의 한낱 미약한 존재니까요.

다시 걸음을 옮기는 길에는 어쩌다 보이는 몇 채의 겔과 흙집이 있었어요. 그곳에 사는 사람들은 한 떼의 양과 야크를 치며 한 시절을 지나고 있었어요. 바쁠 것도 급할 것도 없이 이방인을 바라보는 눈매만 우묵했어요. 그들에게 이방인이라 여겨질 내 잣대로 보자면 도대체 왜 이런 곳에서 삶의 둥지를 틀고 있는 건가, 알 수 없었어요.

그러나 건조하고 척박한 고원의 햇볕과 바람에 그을린 피부와 순박하게 웃는 입 속에, 이방인은 알 수 없는 그들만의 시간이 자리할 수도 있겠다는 생각은 들었어요. 어쩌면 이면에 놓인 그들만이 지닌 또 다른 삶의 무늬가 있을 거라고요. 파미르 고원 가는 길이 쓸모없는 황무지면서 생성을 발아할 수많은 것들이 담겼다면 말이죠.

그런데 정말 그런 기미를 내가, 우리가 제대로 알 수 있을까요?

♣

    여자의 물음은 언제나 그랬듯 상대에게 뭘 듣겠다는 건 아니었다. 물음 자체가 규정된 대답을 할 수도 들을 수도 없는 각자만의 인식으로 내재시킬 것들이었다. 파미르고원 가는 길에서 만난, 그들만이 지나고 있을 시간 속에 또 다른 삶의 무늬가 있을지 모른다는 것처럼.

    도영은 여자가 말한 길 위의 순례자들을 생각했다. 그들은 지금도 여전히 무거운 일상의 짐이 가득 담긴 수레를 끌고 있을까. 가도 가도 이어지는 길에서 온몸을 바닥에 내던져 오체투지를 하고 있을까. 그렇게 하면서까지 궁극적으로 얻으려는 건 무엇이었을까.

    묻는다 해도 그들은 도영이 사는 곳과는 아주 멀리 떨어진 곳에 있기에 대답해 줄 수 없다. 가 닿기 쉽지 않은 물리적 거리는 맥없는 추상이나 마찬가지였다. 그렇기에 그들이 행하는 것도 도영에겐 실체일 수 없는 흐린 허상이었다. 어쩌면 도영이 현재 처한 위치와 겪고 있는 것들도 그 같은 맥락이지 않을까 싶다.

♣

파미르고원엔 호수가 있다고 말했던 걸 기억하나요? 에메랄드그린 빛의 수면 위에 또 하나의 허상으로 되비친 풍경들은 너무 선명해서 비현실 같다고 했던 것도 기억하나요? 눈이 멀 것 같이 쨍한 푸른 하늘과 녹색의 융단을 깔아놓은 듯 푸른 초원이며 흰 뭉게구름과 눈 덮인 설산들 말이에요.

그곳의 해가 질 무렵은 모든 게 단순한 고요함으로 정지되어 있어 아무것도 함부로 헤집지 못하죠. 고봉에 걸린 맑고 순한 저녁 햇살은 사위기 전의 빛줄기를 부챗살처럼 퍼뜨려요. 빛줄기는 가닥 가닥의 오색 빛 성채 무늬 기둥을 만드는데, 그 속으로 들어가면 자신도 빛줄기의 한 요소가 될 것만 같죠. 찬란하고 깊은 허상으로요.

그런 거라면 이해가 좀 될런지 모르겠어요. 어느 공간에 걸린 미지의 풍경화나, 가끔 차량 왕래 많은 대로변에서 판매하려고 늘어놓은 원색의 이미테이션 명화를 볼 때가 있어요. 그런 것들은 현실의 내 곁에 있으나 나와는 아주 먼 곳의 추상이라고 여겨지는 거라면요.

그처럼 현실의 시간에서 파미르라고 입속에 가만히 궁굴리면 먼 시원을 거슬러 온 아릿함이 들어요. 바람결에 날려와 눈앞에서 펄럭이지만 잡히지 않을 투명한 천 자락을 보고 있듯이요. 얇은 섬유조직 사이로 얼비친 이곳 너머의 어떤 비의가 손짓하는 것처럼요.

하지만 파미르고원 속에 있게 되면 자신을 그저 부려놓고 싶죠. 그러니 그곳에서만큼은 진짜 공간의 일상은 충분히 잊어도 좋아요. 어차피 허상은 잠시의 유예일 테니까요.

♣

여자의 오늘 얘기는 끝났다. 통화는 마무리되었다.

도영은 경주와의 이별로 울컥대는 회한과 초라한 처지가 슬퍼 어딘가에 절실히 기대고 싶었다. 여자를 직접 보며 함께 있다는 온기를 나누고 싶었으나 오늘도 여전히 보이지 않는 너머에서 어른거리는 말을 듣기만 했다. 그것만으로 여자의 숨결과 기척을 가까이 느끼며 위안받는다고 여겨야 했다.

그 위안이나마 밤새도록 곁에 두고 싶어도 여자는 도영은 들어설 수 없는 공간으로 들어가 또 문을 닫았다. 도영의 공간은 다시 텅 비었다.

컴퓨터를 열어 쓰고 있던 파일을 열었다.

그녀는 알 수 없었다. 지나고 있는 현생의 시간 속에서 자신이라는 개체의 의미마저 파악하지 못했다.

두 줄의 문장을 써놓곤 한참을 들여다보았다. 그녀라고 지칭했으나 도영 자신이라고 바꿔도 무방했다. 현생의 시간, 개체의 의미… 보고 있자니 흰 여백 속의 검은 글자들이 어쩐 일인지 기우뚱거렸다. 도영의 눈길이 기우는 글자들을 바로 세우려 하지만 제대로 정립되지 않았다. 어쩔 수 없이 기우는 대로 방향을 고정하며 스스로에게 묻고 싶은 걸 문장으로 연결했다.

글을 쓰겠다는 이유 하나를 내걸고 낯선 곳으로 떠나왔던 건 진실이었을까. 단지 오래도록 억눌렸던 것에서 벗어나려는 핑계였을까. 그럼으로써 처해있던 비루함을 떨쳐낼 수 있다고 여겼던 걸까. 그런 명제를 대두시켜 현실의 처지에서 변신하려던 강박이었을까….

질문들 속에 또 다른 파장이 달려들었다.

내면에 딴딴하게 웅크린 덩어리는 미처 알지 못했던 형체 불분명한 연기이지 않았을까. 그건 결국 가족이라는 허물어진 둥우리였을까. 거기에서 내내 벗어나고 싶었던 지독한 갈망이

딱딱하게 굳어 둘러싼 건 아니었을까…….

정말 그런 것인지는 여전히 잘 모르기에 도영은 자판을 누르던 손을 그만 떼고 말았다.

21

12월로 들어섰다. 본격적인 겨울이 시작됐다. 기온이 급강하했다. 난방하지 않은 실내는 한낮에도 냉기가 들어찼다. 도영이 자판을 두드릴 때면 손이 곱았다. 발이 시려 두 켤레의 양말을 신고 수면 양말까지 덧신었다. 어깨가 시려 밖에서나 입을 점퍼를 걸쳤다.

바깥 기후에 노출된 창 바깥 면은 탁해서 밖이 선명히 보이지 않았다. 부옇게 흐린 창을 말끔히 닦아내고 싶다. 쪽창이라도 열린다면 알량한 면적으로라도 볼 수 있을 텐데 그러지 못했다. 그나마 열 수 있던 쪽창 틀이 추위에 얼어버렸다.

환기가 안 되는 원룸 안은 도영이 피우는 담배 연기로 공기질이 아주 좋지 않다. 매캐함에 목이 간질대고 따끔거려 잔기침하다 어떤 때는 사레가 들려 격렬한 기침을 쏟았다. 가끔 환기하려고 현관문을 열지만 지나다니는 사람들을 의식해서 곧 닫고 만다.

정안으로 와서 일 년여를 지날 동안 도영의 일상은 여전히 변화가 없다. 매일매일 흰 종이 위에 그려진 한 가닥 선으로 무미건조했다. 아침 늦게 잠에서 깨어 인스턴트커피 한 잔을 마신 후 책을 보거나, 게임을 하거나 글을 쓰며 낮 동안의 시간을 보냈다. 오후에는 주 수입원인 식당으로 일하러 갔다. 늦은 밤까지 숯불과 고기 굽는 매캐한 연기와 독한 세제 냄새 속에서 머리의 띵함과 코의 먹먹함을 달고 지냈다. 집으로 돌아와선 생산성 없는 이런저런 뭔가를 하다 새벽에야 잠이 들었다.

최소한의 생활비를 벌며 일하고 잠자는 걸 제외한 모든 시간을 글을 쓰겠다고 했으면서 별 창출도 없이 그저 그렇게 흘려보냈다. 정확한 지점을 향해 정확한 걸음을 옮기겠다는 처음 의도와 달리 목적지가 정말 그곳에 있는지, 가야 할 길이 정확한지 여전히 모호했다. 더 이상 진전이 없다면 그전의 제자리로 되돌아가야 한다는 불안과 혼돈이 막아설 때가 빈번했다. 깊어가는 계절의 한기 속에서 도영의 생활은 여전히 얼크러졌다.

♣

　여자는 지난번 통화 이후 일주일이 지나도록 연락이 없다. 통화를 하지 않자 써지던 글도 더 이상 진척이 없다. 누군가의 지침이 이끄는 대로 무난히 진행했던 일들이, 지표가 없어졌을 때 공백 상태가 되며 무얼 어찌할지 알 수 없을 때 같다. 그간 여자에게 들었던 이야기의 문장화는 명분과 자율 의지를 잃어버렸다.

　꾸역꾸역 욱여넣듯 화면에 파일을 띄우고 이어가 보려 하나 손가락이 움직이지 않았다. 막막했다. 전 문장에 어떻게 연결해나갈지 몰라 방향 감각을 잃어버렸다. 심한 안구건조 증상처럼 눈이 시큰하며 흐릿했다. 작성해놓았던 문자들이 자주 각각의 화소로 쪼개져 흔들렸다. 그것마저 공중으로 떠오르며 좀 먹혀들듯 부분부분 흩어지다 기어이는 기화되어 사라지려고 했다. 파일은 아무것도 없을 백지가 될지 몰랐다.

　도영은 눈을 부릅뜨고 모니터를 보았다. 다행히 글자들은 제 자리에 있었다. 순간의 환시였다. 정말로 그간 썼던 문장들이 사라진다면⋯ 고개를 저었다. 그리되면 여자가 건넨 이야기의 의미는 영원히 사라진다. 어쩐지 더 진행한다면 정말로 그처럼 될지 몰라 서둘러 파일을 닫았다.

여자의 기척 부재가 자꾸 걸렸다. 혹시 어디 아픈 건 아닐까. 안 좋은 일이라도 있는 걸까. 아니면 통화가 시들해진 걸까. 여러 생각들이 머릿속에서 와글거렸다. 여자가 사는 곳으로 찾아가고 싶으나 어딘지 모른다.

♣

일을 마치고 돌아왔을 때 여자에게서 전화가 왔다. 화면에 뜬 여자라는 표식을 보며 도영은 거짓말 같다. 무언가를 애타게 갈망하며 들떴다가 막상 현실로 나타나면 제대로 느껴지지 않아 가라앉을 때처럼 말이다.

전화기를 열자 여자의 말이 흘러나왔는데 어딘가 이상했다. 평소 같은 모호하며 건조하거나 습한 미끌거림이 아니었다. 대수롭지 않은 무덤덤함이었는데 상관없는 사람을 대할 때 같았다. 사람 왕래 많은 복잡한 거리를 지나다가 살짝 어깨를 스치는 감마저도 의식하지 못하는 것처럼 그랬다. 그런 여자의 반응에 도영의 가슴이 싸했다.

♣

요즘 이래저래 바빴어요.

난 얼마 전에 진짜 공간인 내 집으로 돌아왔어요. 지내던 곳의 계약 기간이 끝났거든요. 살림살이는 새로운 입주자가 대부분 사용하겠다고 했어요. 가전제품 외엔 비교적 새것들이라 쓸 만했거든요. 덕분에 나도 처리할 비용과 일거리가 줄었고요.

이제 그곳은 한때 잠시 머물다 돌아온 간이역이 되겠죠. 그간 함께 얘기 나눌 수 있어서 좋았어요. 잘 지내요.

♣

정안을 떠났다는 여자의 말은 간략했다. 이러저러한 말을 더할 수 없게 명료했다. 도영은 가슴이 허물어졌다. 같은 지역에 여자가 없다는 사실이 커다란 상실로 덮쳤다. 평소처럼 원룸을 들어서자마자 씻던 걸 하지도 않고 맥없이 한참을 주저앉아 있었다.

컴퓨터도 켜지 않고 일찌감치 침대에 누웠다. 계속 뒤척이다 새벽 6시 무렵 설핏 들었던 잠마저 가위에 눌려 깨고 말았다. 여자와 통화를 하게 되면서 습관적이던 가위눌림이 완화됐었는데 다시 시작되고 있었다.

비명을 지르며 깼을 땐 온통 땀범벅이었다. 몸이 경직되며 손가락 하나 꼼짝할 수 없었다. 겨우 떠진 눈으로 보이는 천장 한 귀퉁이엔 벽지가 뜯어져 너덜거렸다. 그 사이로 바퀴벌레가 빠르게 지나갔다. 조용하나 민첩하게 움직이는 다리가 얼굴에 닿을 것 같아 진저리가 났다. 도영은 눈을 질끈 감아버렸다.

♣

한파주의보가 발령됐다.

여자가 정안을 떠났다고 해도 예전처럼 전화를 걸어올 거라 여겼지만 그때 이후론 아무 연락이 없다. 도영은 연락을 애타게 기다리지만 아예 없다. 여자의 목소리가 무척 그립다. 여자를 향한 생각으로 가슴이 뻐근히 조여들 때가 많다.

경주와의 이별은 몇 년이라는 한정된 시간의 무화였고 스스로의 초라한 회한이었다. 그렇기에 그 회한의 요인이 될 요소가 사라지고 시간이 지나면서 차츰 옅어질 한 부분이었다. 그러나 여자는 도영의 시원 깊숙이 자리한 본질이라고 여겨졌었다. 다른 이체異體임에도 동질同質의 함량 밀도가 아주 유사한, 무엇으로도 대체할 수 없는 묵직한 무게로 깊숙이 차지했다.

그걸 잃었다는 상실과 좌절은 강도 높은 쓰라림이었다.

모호하면서 건조하거나 어딘가에 은유를 숨겨놓은 여자의 말을 간절히 다시 듣고 싶었다. 자주 전화기를 열어 여자의 전화번호를 찾아 화면에 띄웠다. 전화기를 가만히 귀에 댔다. 통화 발신을 누르지 않은 전화기에선 아무 소리도 들리지 않았다. 여자와 사용했던 카톡방의 대화도 처음부터 쭉 읽는 걸 자주 반복했다. 지나버린 대화는 검은 활자로만 멈춰있었다.

도영은 해야 하나 말아야 하나 오래 머뭇거리다 큰 결심처럼 여자에게 잘 지내냐고 문자를 보냈다. 곧 문자 옆의 읽었다는 숫자가 없어졌는데 답은 없었다.

한참을 또 망설이다 이번엔 전화를 걸었다. 신호음이 시작되면서 가슴이 쿵쾅거렸다. 여자가 받았을 때 무슨 말을 먼저 하나, 잘 지내냐는 안부를 먼저 물어야 하나, 아니면 정안을 떠나면서 어떻게 연락도 안 했냐고 서운했다고 할까, 그도 아니면 그간 왜 통 연락이 없었냐고 짐짓 볼멘소리라도 할까. 그런 말들이 머리와 가슴에서 갈팡질팡했으나 신호가 오랫동안 울려도 전화는 연결되지 않았다. 통화 불가라는 문구만 연결 음이 끝난 전화기에 떴다.

지금은 전화를 받을 수 없습니다.

22

지난번보다 강도 높은 한파주의보가 또 발령됐다. 이틀째 계속되고 있다. 얼음 감옥에 갇힌 듯 도영의 모든 것도 꽁꽁 얼어버렸다. 창문에는 성에가 끼어 밖이 아예 보이지 않았다. 실내는 최저온도로 난방을 가동했어도 썰렁했다.

도영은 좁은 원룸 안이 답답했다. 어디든 나가고 싶다. 점퍼를 꺼내 걸쳤다. 어디로 갈지는 생각나지 않았다. 일상의 동선은 대부분 집 부근이며 도서관과 일하는 곳뿐이었다. 그 반경을 벗어난 적이 거의 없었다.

일단 밖으로 나왔다. 길을 지나다니는 사람들의 옷차림은 어둡고 칙칙한 무채색으로 한층 두꺼워졌다. 대기는 잔뜩 흐려있다. 일기예보에선 많은 눈이 내릴 거라고 했다. 싸늘한 바람이 불며 곳곳에 냉기가 가득했다. 금세 귀와 손이 바짝 얼며 무척 시렸다. 점퍼 주머니에 손을 넣었어도 별반 달라지지 않았다. 앞자락을 재차 여몄지만 들이치는 한기를 막지 못했다. 뼛속까지 시렸다.

버스정류장으로 와서 한참을 서 있어 보지만 여전히 어디로 가야 할지 모르겠다. 담배 생각이 나서 골목에라도 들어가 피울까 할 때 버스 한 대가 와 섰다. 도서관 쪽으로 가는 노선이었다. 도영은 처음부터 목적지가 그곳인 듯 빠르게 올라탔다. 짧은 순간 하나의 명분이 확연하게 떠올라서였다. 여자의 이야기 속에 있던 책들이 생각났다. 그렇게라도 여자와 다시 연결고리를 짓고 싶었다.

♣

도서관 안으로 들어왔다. 도서 검색기에서 해당 책들을 검색하고 서가에서 찾아냈다. 신간이 있는 곳으로 왔다. 문학코너에 꽂힌 책들의 제목을 무심하게 훑었다. 『유리벽』이라는 말간 서늘함을 풍기는 제목이 눈에 잡혔다. 책을 집어 들었다. 장편소설이었다. 표지 전체는 푸르스름하면서 옅은 안개가 깔린 채도였다. 멀리 보이는 숲 정경이 흐릿했다. 위쪽 중앙의 표제 밑으로 진하경이라는 작가의 이름이 박혀 있다. 표지를 넘기자 작가의 말이 펼쳐졌다.

'이 책의 마무리를 남겨둔 시점에 다른 곳에서 여름과 가을을 머물렀다. 여름이 끝날 무렵 글을 마저 마쳤고 출판사에 넘겼다. 집으로 돌아왔을 때 한 시기의 집적된 가상의 시간과 상황들은 현실의 형태로 형상화되어 있었다. 결과물이 나오면 항상 그렇듯 많은 의미와 무게를 더 싣지 못한 게 아쉽다. 그러나 최선을 다했음을 위안으로 얻는다.

한때 머물렀던 그곳의 나날이 떠오를 때가 있다. 별다를 건 없었다. 살던 곳에서처럼 일상은 대체로 비슷했다. 다음에 발표할 글을 쓸 때 필요한 자료를 준비했고 정확한 숙지의 서사를 펼쳐내기 위해 공부했다. 사이사이 생활을 유지할 고정 수입의 일거리를 이행하며 하루하루를 보냈다. 틈새 짬짬이 나라는 개체를 유지하기 위한 시간도 할애했다. 장을 봐서 음식을 만들고 청소와 빨래를 했다. 동네 주변을 산책했고 도시 안의 어느 곳이거나 또는 도시 밖의 몇 군데 장소도 가보았다. 누군가 들의 일상 목적이 있는 곳도 잠깐 들여다보았다. 그 속에 스쳐 가는 익명의 사람들이 있었다.

오래전에 다녀왔던 파미르를 자주 떠올렸다. 쉽게 가닿을 수 없는 물리적 먼 거리임에도 그 공간의 한 풍경으로 나를 오롯이 집어넣었다. 투명한 천 자락이 다시 바람에 날려 왔고 얇은 섬유조직 사이로 너머의 어떤 비의가 다시 얼비치며 손짓했다. 호수 수면 위에 또 하나의 허상으로 되비친 풍경도 다시 가슴에 두었다.

경계 너머에 있는 특별한 그들도 품었다. 그들을 만나러 경계 너머의 특정한 곳도 다녀왔다. 나만이 알 수 있는 공간에서 오래전 기적을 느끼며 함께 있었다. 내게 특별한 그들은 고요히 잘 지내고 있었다. 안위가 마음 놓였다. 그것만으로 충분했다.

곧 마무리될 한해를 앞두고 이 글을 쓰는 지금, 밖은 깊어갈 겨울이 머물러있다. 어딘가로 올바른 방향을 정하지 못한 채 서성이는 누군가 들의 발길과 서늘한 가슴을 생각한다. 그들에게 전하고 싶다. 삶은 발 디딜 곳 명확히 알지 못해 불안하며 막막할 수 있고, 유리로 된 벽 앞에서 바라볼 때처럼 잡힐 듯 잡히지 않아 안타까울 수 있고, 희미한 빛을 따라 더듬거리듯 겨우 걸어야 할 수도 있지만, 어느 자락 자락에서 선명함이 다가드는 때를 만날 수 있을 거라고. 그 어루만짐을 눈 밝게 바라보며 차근차근 걸음을 옮기라고.

이 겨울, 유리벽 너머에서 흔들리는 그들에게 부디 선명한 따뜻함이 깃들기를 바란다.'

파미르? 도영은 작가의 말속 파미르라는 단어가 확 다가들었다. 파미르라는 음절만으로 가슴이 걷잡을 수 없이 들뛰며 여자가 겹쳤다. 여자가 말하지 않았다면 그 지명을 일부러 접하거나 떠올릴 일은 없었을 것이다. 가슴이 할랑거리며 찡하니 아렸다.

그리고 글이 드러내는 문체 속 문장과 용어가 어딘지 많이 익었다. 투명한 천 자락… 얇은 섬유조직 사이… 어떤 비의가 얼비치며… 또 하나의 허상으로 되비친 풍경 등, 지난 한 계절 동안 여자를 통해 들었던 말들이었다.

책 표지의 앞날개를 다시 펼쳤다. 어떤 작가이기에 파미르를 말하고 여자와 유사한 말을 하는가 싶었다. 작가 소개란에는 한 여자의 옆모습이 있었다. 얼굴은 거의 보이지 않았다. 돌출된 콧날과 뺨만 도드라졌다. 어딘가 먼 곳의 약간 위쪽을 바라보고 있는지 얼굴이 경사지게 조금 들려있었는데, 불투명한 유리막이 반쯤 가려서 그 모습마저 실루엣이나 다름없었다. 다만 굵은 웨이브가 진 풍성하고 긴 머리칼은 밖으로 나와 있어 선명했다.

작가의 프로필에는 언제 어느 지면을 통해 등단했고 발간한 일곱 권의 도서와 대여섯 건의 수상 경력만 있었다. 나이나 출생지 등 다른 인적 없이 간략했다. 정면 모습과 세세한 정보가 궁금해서 휴대전화로 다시 검색해 보았으나 지면에 드러난 같은 내용일 뿐이고 모습 이미지도 책에 실린 것만 있었다.

도영은 책 내용을 아직 보지 않았지만 일단 파미르가 거론됐고 여자의 말투와 비슷한 문체만으로 걷잡을 수 없이 설렜다. 서가 앞에 선 채로 작가의 말을 음미하듯 한 번 더 천천히 읽었다. 그리고 빌리려는 다른 책들에 얹어 자동대출기로 갔다.

♣

도서관 문을 밀고 나오는데 식당 주인에게서 전화가 왔다.

"도영 씨, 오늘 두 시간 일찍 나오면 안 될까? 갑자기 저녁 단체 예약이 잡혀서 그래. 아니, 거기 말고 이쪽에 놔야지…. 20명인데 준비해야 할 게 많네. 아줌마, 채소가게에 전화해서 상추랑 더 갖다 달라고 해…. 일찍 올 거지?"

"그럴게요."

식당 주인은 도영에게 말하면서도 중간중간 주방과 홀에 대고 분주히 소리쳤다.

두 시간 일찍 일하러 간대도 일상이 구애받을 건 아니다. 그 시간은 어차피 뭘 하는 것도 아닌 잉여의 공백이었다. 주인은 갑자기 잡힌 단체 예약이 있을 때면 시급을 배로 계산해

주었다. 평소보다 두 시간이나 더 매캐하고 독한 냄새와 답답한 공기 속에 있어야 하지만 생각지 않은 얼마간의 수입이 덤 같다. 한편 그런 것에마저 위안 당하는 처지가 씁쓸했으나 별 수 없다.

도영은 통화를 끝낸 전화기를 주머니에 넣고 하늘을 올려다봤다. 잔뜩 흐린 하늘은 짙은 잿빛이었다. 을씨년스럽다. 싸늘하니 맵찬 바람결 속으로 체기처럼 여자가 아리게 떠올랐으나 얼굴이 생각나지 않았다. 정안에 있는 동안 정면으로 얼굴을 맞대고 제대로 본 적이 없었다. 두 번을 보긴 했어도 어둑한 곳에서 멀찍하니 거리를 두거나 스치듯 지날 때처럼 잠깐의 흐릿한 모습이었다. 보이지 않는 서로의 공간 너머에서 목소리로만 이입됐었다. 어딘지 모호하고 건조하면서도 은유의 습함을 품은 그 말소리마저 지금은 흐릿했다.

여자는 무얼 하는 사람일까, 이름은 무얼까, 나이는 몇 살일까, 원래의 집은 어디일까… 정말 아무것도 알지 못했다. 두상이 오롯이 드러나는 짧은 머리에 목덜미의 멍 같은 푸른 장미 문양과 선연한 햇살 속 허상의 그림자 같던 뒷모습만 남아있다. 무엇도 명확하게 알지 못한다는 사실이 밀어낼 수조차 없는 단단함으로 막아섰다.

23

거리로 나섰을 때 거센 눈발이 시작되더니 금세 아우성치며 흩날렸다. 버스정류장이 멀지 않은데도 눈발 때문에 잘 보이지 않았다.

바람에 섞인 눈송이들이 도영의 얼굴로 우하니 달려들었다. 눈을 닦는 손길에 시린 알싸함이 묻어 들며 반짝하는 각성으로 문득 어느 공간 속에 머물게 했다. 지나간 계절 여자가 했던 말이 싸늘한 대기에서 따신 햇살줄기처럼 다가들었다.

파미르고원을 가보았나요?

여자 특유의 비음 섞인 목소리에 도영이 가보지 못했던 상상 속의 쨍하게 맑은 푸른 하늘이 가득 담겨있었다. 광활한 초원의 푸른 싱그러움이 한껏 들어찼고 대기 속을 흐르는 쾌청한 훈기가 넘실거렸다. 모든 것들이 현실의 바로 곁인 듯 선명한 속에서 도영은 아무것에도 제한받지 않으며 자유로웠다.

여자를 처음 보았을 때 목덜미의 푸른 장미도 다시 선명히 보았다. 짙푸른 물이 함빡 묻어날 것 같은 시린 감각이 새삼 훑어 내렸다. 박하 잎사귀를 한가득 입에 물고 있어 머릿속 전체로 짙게 퍼지는 화함에 온몸이 자릿한 서늘함이었다.

여자의 목덜미에도 가만히 손을 뻗어 닿았다. 부드러운 맨살 감촉이 전해지며 여자가 금방이라도 선명한 모습으로 뒤돌아볼 것 같은 설렘이 흐드러졌다.

하지만 잠깐 눈을 감았다 떴을 때 모든 것이 덧없이 사라진 공간에 덜렁 팽개쳐진듯, 현실에서 그것들은 닳은 심지 끝의 맥없는 불길로 푸시시, 흐려졌다. 흔들림으로 제대로 서지 못하는 부표나 거친 바람에 속절없이 쓸리는 모래 알갱이었다. 잠시 보았지만 잡을 수 없거나 머물 수 없는 가상의 모호한 부호로 이내 흩어져버렸다.

눈발은 아까보다 더 굵어졌다. 도영의 눈앞으로 두꺼운 눈발 막이 쳐지며 높고 낮은 건물들과 길을 지나는 사람들과 달리는 차량이며 주변이 흐릿했다. 도영은 선명히 보려고 추위에 발개진 손으로 눈을 비벼봤으나 눈발이 치는 흐린 막 너머에서 아른거렸다.

그래도 그 너머 막연한 어딘가를 향해 눈길에 바짝 힘을 주어 좀 더 먼 시선을 두었다. 그곳에 분명히 있을 거라 믿어질 뚜렷함을 잡고 싶었다. 무엇보다 흐려진 여자를 다시 보고 싶었다. 지난 계절처럼 여자의 이야기 속 시공간에 함께 섞여 생생히 흐르고 싶었다.

도영의 향망은 흐린 눈발 막을 활짝 젖혀버릴 듯 단숨에 치올랐다. 그랬음에도 시선은 더 멀리 나아가지 못하고 몰아치는 눈발에 가로막혔다. 눈발의 이쪽과 저쪽인 경계의 혼돈에서 아른대는 절실한 갈망은 갈피를 잡지 못해 자꾸 흐려졌다.

해설

환영의 대위법

장두영(문학평론가)

1.

    음악의 아버지 요한 세바스티안 바흐(Johann Sebastian B ach)는 대위법으로 유명하다. 반주와 주제 간의 조화, 역주법(Co ntrary Motion)과 캐논 형식(complex canon)을 주로 사용한 바흐의 대위법은 질서와 조화의 아름다움을 구현하는 최상의 도구였다. 대위법을 활용한 그의 음악은 영원한 클래식으로 사랑받고 있으며 시대를 초월하여 음악 이론과 기법적인 측면에서 많은 작곡가와 연주자들에게 영감을 주었다는 것은 널리 알려진 사실이다.

    바흐가 대위법을 활용하듯 『푸른 환영』의 작가 이서진은 '대위법적 서사'를 활용하여 상실과 결여에 관한 설득력 있는 서사적 결과물을 산출해 냈다. 『푸른 환영』에서는 다양한 부차적인 서사적 곁가지가, 잘 훈련된 군대 병사들처럼 일사불란한 조화 속에서 중심 테마를 향해 연결되어있다. 마치 음악의 반주 선율이나 화음이 주제와 전체적 조화를 이루는 형국이다. 또한 '도영'과 '여자'가 만들어 내는 '선율'은 반대 방향으로 움직이면서도 동시에 상호작용하여 변화와 조화를 추구한다. 작품 중반 이후 본격적으로 두 인물의 인생 내력이 드러날 때, '여자'의 가족 이야기에 뒤따르는 '도영'의 가족 이야기는 한 선율이 시작되고 일정한 시간 지연 후, 다른 선율이 동일한 주제로 시작되는 형태의 캐논 형식을 띤다.

이에 이 작품 자체가 다분히 창작의 교과서적 면모를 보인다. 이때 '교과서적'이란 표현은 당연히 모범적 작법에 관한 긍정적 어사이다. 작품이 보여주는 균형 감각과 조화는 즉흥적으로 떠오른 영감에만 의존해서는 결코 성립할 수 없는 수준이다. 차분한 구상과 엄격한 퇴고의 반복을 통하여 철저히 계산되고 통제된 결과로 보인다. 작가가 기울였을 노력이 어느 정도였을지 쉽게 짐작할 수는 없지만 『푸른 환영』을 쓰기 위해서 엄청난 성실함이 요구되었음은 분명해 보인다.

동시에 이 작품은 표제가 가리키듯 현실의 저 너머 몽상적이고 상상적인 세계를 향한 자유로운 상상력을 발산한다. '파미르'에 관한 몽환적 묘사가 한 예이다. 작품을 다 읽고 나면 푸른 장미 문신을 한 여자의 뒷모습이 아득한 환영처럼 머릿속을 맴돌게 되는데 이 또한 몽환적 묘사가 성공적으로 쌓아 올린 결과라 하겠다. 이러한 몽상적 혹은 몽환적 특성은 앞서 교과서적인, 자로 잰 듯한, 계산기로 측정한 듯 썼을 법한 소설 기법과는 상당히 대조적이다. 이 또한 끊임없이 몽상에 빠져들고 상상에 상상을 거듭하면서 아득히 멀리 있는 무언가를 붙잡기 위한 작가적 성실함의 결과가 아닐까 짐작할 수 있다.

2.

먼저 주인공 '도영'부터 살펴보자. 작품 초반부에서 그려지는 도영의 모습은 지리멸렬함 그 자체다. 6평의 좁은 원룸에서 연신 담배를 피워 물고 있는 모습은 피곤하고 지친 기색이 역력하다. 그러한 모습은 간밤의 고된 아르바이트 탓만은 아닐 것이다. 그보다는 일 년 동안 소설을 쓰겠다고 덤벼들었다가 거듭된 실패로 인해 엄청난 정신적 중압감이 짓누르기 때문인 듯하다. 그러나 소설의 초반부에서 작가는 본색을 드러내지 않았다. 아직 도영의 모습은 특별한 것이 없다. 하던 일을 다 집어치우고 나도 소설을 써보겠다고 뛰쳐나왔다는 이야기는, 작가 지망생이라는 단어를 떠올릴 때 쉽게 따라오는 상투적이고 평범한 이야기에 가깝다.

한없이 남루했다. 서너 걸음만 움직이면 사방 동선이 연결되는 좁은 공간의 그것들이 지금 도영에게 실현되는 실체였으며 최선이었다. 그에 비해 오늘 여자의 말속 공간은 이상향일 뿐이었다. 좁고 어둑한 틈새로 과하게 비집고 들어오는 햇살 뭉텅이를 바라보는 심정이었다. 문득 한 번도 가보지 못한 먼 이국의 사막이 뜬금없이 떠올랐다. 처한 공간의 좌표를 알지 못하는 불안함을 안고 무작정 걸으며, 강렬하게 쏟아지는 열기에 휩싸여 헉헉대는 거라면 그와 별반 다르지 않을까 싶다.

얼마 지나지 않아 작가는 서서히 본색을 드러낸다. "한없이 남루했다"라는 짤막한 문장으로 주인공 도영의 상투적인 특성에 관한 소개는 끝이다. 이제 본격적으로 대위법의 실력을 발휘할 때다. 원룸 안을 빠져나가지 못한 담배 연기와 묵은 댓진 냄새가 꿉꿉하게 퍼지는 곳에서 한 번도 가본 적 없는 몽상의 공간 '파미르'가 꿈결처럼 펼쳐진다. 남루한 현실과 철저히 상반된 곳, "끝 간 데 없이 펼쳐진 하늘은 눈이 멀 듯 쨍하게 푸르고, 땅은 푸른 융단을 깔아놓은 듯 광활한 초원", "너무 선명해서 오히려 비현실 같"은 공간이 바로 파미르다. 현실과 비현실이 대위법적으로 교차하면서 서사의 리듬은 본격적으로 시작된다.

자연스럽게 소설 속 허구의 세계로 빨려 들어가게 되는 데에는 작가의 유려한 문장이 한몫한다. 작가가 세심하게 문장에 공을 들이고 단어 선택에 신중을 거듭한 흔적이 역력하다. 가령 소설 속 인물들은 그저 피곤한 것이 아니라 '곤비(困憊)'하다. 곤비하다, 곤핍하다, 곤권하다, 곤돈하다 등등 국어사전을 찾아 이런 단어가 있었나 싶을 단어를 골라내고, 문장에 집어넣어 잘 어울리는지, 별다른 문제는 없는지 꼼꼼히 살폈을 작가의 세심한 손길이 익히 감지된다. 문장의 장인이 만든 작품이라는 분위기가 물씬 풍긴다.

뭐 하냐고?
즉각 답하지 않는 도영을 향한 짜증이 배어있다. 도영은 마지못해 답했다.
뭘 좀 하 고 있 어…
글자 간격마다 시들한 성가심이 들어찼다.

또 하나의 사례를 보자. 오래된 연인 사이의 지극히 낡고 남루해진 관계를 표현하는 데도 문장의 묘미가 발휘된다. '뭐 하냐고?'라는 몇 글자를 통해 도영을 향한 경주의 짜증이 또렷하게 드러난다. '뭐 하냐고?'라고 핸드폰 액정 자판에서 꾹꾹 눌러 찍고 있을 경주의 미간에 잡힌 주름이 손에 잡힐 듯이 전달된다. 분명 네 글자로 이루어진 짧은 문장이지만 한층 더 풍부한 의미를 함축하고 있다는 말이다. 그리고 '뭘 좀 하 고 있 어'

라는 칸칸이 띄워진 문장은 글자 한 자 한자를 입력하면서 번 번이 스페이스를 누를 때 솟아오른 도영의 짜증을 놓치지 않 는다. 그뿐인가 그 간격에서 '시들한 성가심'이라는 멋들어진 표현을 얹어놓음으로써 두 사람의 관계가 얼마나 위태로운 상 황인지 한번에 폭로된다. 다분히 산문적 느낌이라기보다는 시 적 느낌에 더 가까운 문장들이다. 작품의 곳곳에서 발견되는 참신한 문장과 표현을 줄 쳐 가면서 읽는 즐거움이 상당하다.

이처럼 문장의 장인이 펼쳐놓는 기교를 따라가다 보면 이제 도영은 흔해 빠진 작가 지망생이 아니다. 어느새 독자는 도영 에게 감정 이입되어 친숙한 공감대를 형성한다. 물론 실제 독 자가 처한 상황은 도영과는 전혀 무관하다. 누군가는 도영처 럼 혼자 원룸에서 피곤함에 절어 생활할 수도 있겠지만, 또 누 군가는 고급 아파트나 저택에서 화목한 가정의 여유로운 일상 을 누릴 수도 있다. 중요한 것은 도영이 절감하는 일상적 현실 과 꿈 사이의 거리감이다. 소설을 쓰겠다는 꿈을 꾸면서도 여 전히 "최소한의 밥벌이"를 위한 노동에 시달리는 도영이 대면 하고 있는 "앞날의 불투명한 불안감"은 정도의 차이는 있겠지 만, 이 작품을 읽을 만한 독자들이라면 누구라도 공감할 수 있 을 주제가 아닐 수 없다. 한 번도 꿈을 가지지 않았던 사람은 아무도 없으며, 그 꿈을 완벽하게 이루어 더 이상 꿈 따위는 필 요 없다고 자신할 수 있는 사람 또한 아무도 없기 때문이다.

서글펐다. 가고 있는 이 길이 맞는 건가. 방향은 제대로 가고 있는 건가 의문이 들었다. 아닌 것 같았다. 걸어야 한다고 해서 걷지만 뚜렷한 목적 없이 기계적인 걸음만 옮겼다. 자신임에도 제 삶에 대해 무엇 하나 구체화할 수 없는 무력감이 덧씌워졌다.

오래전부터 명확히 규정할 수 없는 어떤 열망이 쟁여졌다. 쌓아둠은 시간이 지날수록 자주 내면을 툭툭 건드렸다. 그럴 때마다 허튼 갈망이라 여기며 스쳐 보냈다. 벗어날 수 없는 남루한 현실을 올무처럼 매달아야 하는 생활이었기에 지나치는 갈피마다 그 갈망을 구겨 넣어야만 했다.

그랬음에도 몸살 같은 열망은 빈번히 치올랐다. 일상 곳곳에서 틈새를 비집고 나와 울컥대는 설움으로 덮쳤다. 바닥을 마구 뒹굴어 형편없이 지저분하고 구겨진 옷자락을 보듯 속이 쓰렸다. 생활은 긴장 상태일 때처럼 자주 경직되었고 먼지가 잔뜩 낀 탁한 유리통에 갇힌 듯 답답했다.

더 이상 그 속에 있고 싶지 않았다. 갈망하는 것이 무엇인지 알지 못해 모호했으나 막연히 묻어두고 싶지 않았다. 속절없이 지나치는 시간을 허허로이 놓치면서 새로운 걸음을 떼는 시기가 더 늦어서는 안 될 것 같았다. 오래도록 짓누르던 어떤 것들에서 벗어나 정확한 보폭으로 정확한 지점을 향하고 싶었다. 그것을 확고히 끄집어내서 탁한 통 속을 벗어나 숨을 크게 내쉬고 싶었다.

작중의 도영에게는 미안한 말이지만 아름다운 문장의 연속이다. 화려하게 꾸민 아름다움이 아니라 간결하게 조화를 이룬 균제미가 돋보이는 문장들이다. 소설의 이야기를 따라가지 않고 딱 이 부분만 떼어놓고 보더라도 한 편의 근사한 에세이에 충분히 값하고 있다. 정제된 문장들, 신중히 선택된 단어들, 톤을 최대한 낮추었음에도 문득 솟구쳐 오를 것만 같은 감정의 비등 운동 등을 느낄 수 있다. 더욱이 인상적인 것은 문장의 아름다움에 그치는 것이 아니라 그 문장이 독자 자신의 마음속 간지러운 부분들을 적확하게 건드리고 있다는 점이다. 누구나 공감할 수밖에 없는 일상적 현실과 꿈의 대립이라는 주제의 대위법이 서서히 먹혀들고 있다는 말이기도 하다.

3.

『푸른 환영』의 또 다른 주인공은 '여자'이다. 물론 소설의 서사적 구성을 따질 때 여자는 주인공이라 부르기는 어렵다. 전체 작품의 분량에서 차지하는 비중도 도영 쪽이 훨씬 높고, 전화 통화 대목을 제외하면 사건 대부분이 도영의 관점과 입장을 중심으로 펼쳐지기에 주인공은 당연히 도영이다. 그러나 여자는 주제적 측면에서 도영의 대위법적 존재로 설정된다. 여러 면에서 도영과 상반된 인물이다. 우선 남녀로 구분된 성별이 그러하다. 또 도영의 남루한 분위기와는 달리 여자는 세련되고 우아한 분위기를 풍긴다. 도영이 경제적 문제에서 곤란을 겪으며 하루하루 밥벌이에 지친 데 반해 여자는 자유롭게 여행을 다니는 등 도영보다는 분명 한결 여유로운 상황에 있다. 즉 도영이 일상적 현실에서 온갖 누추한 생활의 냄새를 묻히고 살아가는 인물이라면, 여자는 생활 세계와는 다소 거리가 먼 비현실적인 세계 속에서 살아가는 듯한 신비스러운 느낌마저 자아내는 인물이다.

이 같은 두 인물의 상반된 특징은 현실과 비현실, 일상과 꿈 사이의 절묘한 서사적 긴장을 창출한다. 또한 작품 중반 이후 두 인물은 상실과 결여로 인한 상처라는 공통점을 중심으로 작품의 주제를 부각한다. 만일 여자가 없었다면 이 작품은 좁은 원룸에서 실패를 거듭하는 어느 작가 지망생의 맥 빠진 생활 수기 비슷한 것이 되고 말았을 터이다. 분량상으로는 도영에 비해 약하지만 사실상 주제를 구현하는 실질적 동력이 어디에서 비롯하는가를 따진다면 오히려 여자의 비중이 더 높다고 할 수 있다.

여자라는 인물을 가장 특징적으로 부각하는 것은 그녀의 목덜미에 있는 '푸른 장미 문양'이다. "여자가 고개를 움직일 때마다 솜털 속에서 푸른 장미도 줄기를 구부리거나 잎을 비틀며 봉오리를 열듯 움찔거렸다." 마치 도영을 향해 손짓하는 듯한 느낌이라고 할까? 푸른 장미의 꽃말은 기적, 환상, 포기하지 않은 사랑이다. 도영에게 소설 쓰기란 현실적 일상에서 벗어나기 위한 하나의 방편, 곧 현실을 떠난 비현실적인 환상의 추구일 터, 그가 가족을 떠나 정안시에 오게 된 것 자체가 꿈과 욕망, 갈망과 같은 환상을 찾아 나선 것이고 이런 그의 앞에 푸른 환영의 육화인 여자가 나타난 것이다.

푸른 장미의 징표가 박힌 목덜미는 나임에도 내가 볼 수는 없어요. 그러나 짧은 머리로 훤하게 드러나 많은 사람은 볼 수 있듯, 나와 아주 긴밀한 그들이 어디서든 확연히 볼 수 있을 거라 여기고 싶었어요. 기적이라는 꽃말을 가진 푸른 장미를 담고 있으면 그들이 실체를 드러낼 것 같아서요. 그 바람이 실현 불가능하다는 걸 알면서도 간절히 믿고 싶거든요.

무얼까… 여자의 말은. 도영은 짐작하기 어려웠다.

허망한 바람인 줄 알면서 오랫동안 기른 머리를 단호히 자르고 피부에 상처를 내면서까지 문신을 새겨 넣는 간절함은 어떤 걸까. 쉽게 지워질 수 없는 표식을 몸에 심고서 긴밀한 이들에게 드러나길 바라는 기적은 무엇일까.

위의 인용을 보면 일방적으로 도영이 여자를 발견한 것은 아니다. 여자는 자기 목덜미에 '푸른 장미'를 새겨넣고 누군가가 자신의 표식을 발견할 수 있기를 간절히 기다리고 있었다. 북카페의 문학 행사에서 여자를 처음 본 도영은 자신을 향해 손짓하는 '푸른 장미'의 신호에 반응한 것이다. 담백한 비읍의 음색이 특징적인 그녀의 목소리는 "도영의 내면 어딘가를 괜히 툭툭 건드렸"으며 "귓가에 콕 박히는 느낌을 실어 건넸다." 그것은 도영이 푸른 장미 문신을 새긴 여자의 간절한 바람에 무의식적으로 공명한 결과이기도 하다. 이러한 공명을 통해 드디어 두 사람이 만들어 내는 선율이 대위법적으로 펼쳐진다.

두 사람이 만나는 것은 주로 전화를 통해서다. 통화에서 말하는 사람은 거의 여자이고 듣는 사람은 도영이라 사실상 대화가 아닌 여자의 일방적 읊조림에 가깝다. 소설 분량상의 중간 지점에서부터 여자가 들려주는 이야기가 비로소 시작된다. "소설을 쓰겠다고 했죠? 소설은 어떤 걸까요? 평범한? 아니면 특별하거나 기구한? 실제로 일어날 수 없는? 또는 환상적인?"이라고 운을 떼운 여자는 "자, 그럼 소설적인 이야기를 한다면 어떤 얘기를 먼저 해볼까요. 음… 우선 한 사람에 관한 게 좋겠군요"라면서 이야기를 시작한다. 그 '어느 한 사람'에 관한 이야기가 자기 자신이 겪었던 일들에 대한 차분한 고백인 것을 알아차리는 일은 그리 어렵지 않다. 여자의 이야기는 어린 시절 불행했던 가족사이다. 아버지의 허망한 죽음, 작은아버지의 폭력, 가족들이 겪은 불안과 공포. 그녀에게 가정은 든든한 울타리가 아닌 허막虛幕에 불과했으며 '퍼석한 모래 위의 위태로움'이라는 것이다.

도영은 불행한 가족사로 인한 여자의 슬픔에 공감한다. 그는 여자와의 통화가 끝나고 나서도 오랫동안 잠들지 못한다. 여자의 목소리는 여운으로 남았고 그 여운에 가슴 아파했기 때문이며, 도영 역시 여자 못지않은 불행한 가족사를 지니고 있기 때문이다. "도영에게 가족은 언제나 애증의 덫이었다." 처럼 여자의 이야기가 남긴 여운은 도영의 상처를 건드리게 되고, 작품의 서술은 여자의 가족 이야기에서 도영의 가족 이야기로 전환하기를 반복한다. 그리고 두 인물의 가족에 관한 이야기는 서로 교차하면서 상실과 결여에 관한 하나의 주제를 향해 발전된다.

『푸른 환영』에서 두 인물이 들려주는 가족 이야기는 그들이 만들어 내는 대위법적 서사를 이해해야 제대로 음미할 수 있다. 그들의 가정사는 소재 자체만 놓고 보면 큰 감동을 주기 어려운 것들이다. 몇 마디 말로만 요약해 놓으면 텔레비전에서 자주 나오는 후원 요청 방송 프로그램들 속 불행과 크게 다를 것이 없다. 아버지, 남편, 아이의 죽음, 어머니의 가출(도망), 그리고 남은 가족에게 가해진 삶의 무게, 흔히 '소설 같은 이야기'에서 그 사연이 기구하면 기구할수록 진부하게 느껴지는 그런 소재들이기 때문이다.

그러나 여자가 차분하게 읊조리고 도영은 그녀의 이야기를 들으며 감정이입을 하면서 자기 경험을 마음 한편에서 끄집어

내어 고백하기를 반복한다. 그 모습은 두 명의 연주자가 교대하면서 서로 조화를 이루어 선율의 절묘한 화합을 끌어내는 공감대의 형성으로 이어지기 때문에 평범하고 진부한 소재의 벽을 넘을 수 있다. 특히 단어 하나하나를 세심하게 고르고 다듬은 장인의 손길이 느껴지는 문장을 음미하다 보면 어느새 두 사람의 사연에 깊이 빠져들 수 있다.

상실과 결여를 겪었다는 것. 그러한 상실과 결여가 존재하지 않는 그 대상을 향한 간절한 그리움과 갈망의 원천이었다는 것. 그러나 그러한 그리움과 갈망은 결코 도달할 수 없는 일종의 환영이라는 것. 그 환영은 곧 작품의 첫머리에 내걸린 '파미르'라는 장소. 너무나 비현실적이지만 너무 선명해서 황홀하기에 그곳에 있게 되면 진짜 공간의 일상은 잊히는 곳이 파미르, 푸른 환영이다. 그러한 파미르는 도영과 여자에게만 있는 곳이 아니라 결국 모든 인간의 마음속에 있는 현실 초극의 의지, 곧 이상, 동경, 그리움 그리고 원초적인 고향으로의 향수의 상징이기에 작품의 문장을 끝까지 따라간 그 누군가는 반드시 동감할 수밖에 없다.

4.

　도영과 여자의 대위법적 서사는 특히 작가 지망생인 도영이 전화 통화에서 들은 여자의 말을 받아서 쓰는 일을 통해서 이루어진다. 사실 도영과 여자의 관계는 지극히 비현실적이다. 우연히 마주친 여자가 먼저 연락처를 물어와서 두 사람 간의 연락이 시작된다. 그런데 도영은 그녀의 이름조차 모른다. 그뿐인가 그녀의 얼굴도 뚜렷이 기억하지 못한다. 그저 뒷모습, 그것도 목덜미의 푸른 장미 문양이 남아있을 뿐이다. "제대로 형상화되지 않는 모호함"의 특성은 전화기 너머로 전해오는 여자의 특유한 목소리를 통해서 도영에게 다가온다. 마치 파미르의 모호함을 표상하듯 다분히 몽환적이면서도 동시에 생생히 의식을 파고들어 오는 목소리에 도영은 그것이 사라지기를 두려워하기라도 하듯, 여자 몰래 받아적기에 바쁘다.

　흔히 누군가를 엿보는 관음증적 시선이 소설의 빈번한 소재로 활용되는 것을 떠올린다면 『푸른 환영』에서 여자의 말을 몰래 받아적는 행위는 다분히 에로틱한 맥락에서 읽힐 수도 있다. 간혹 도영이 상상 속에서 그녀와 격렬한 정사를 나누는 걸 보더라도 확인되는 대목이다. 물론 도영의 행위가 변태적인 성적 취향의 소산이라는 말은 아니다. 에로스적 감정과 분위기는 더욱 근본적으로는 환영에 대한 알 수 없는 이끌림, 그것도 쉽게 벗어나기 어려운 강렬한 이끌림에 대한 비유이기 때문이다. 단순한 이성의 이끌림을 넘어서 비슷한 상처를 지닌 존재에 대한 공감이며 연민으로 이어지고 있다.

> 그녀를 짓누르는 삶의 무게를 안간힘으로 받쳐야 했다. 담 너머로 넘어온 감나무잎들이 가로등 불빛에 일렁였다. 가지에 이마를 대고 한참을 있었다. 주저앉아 일어나고 싶지 않았으나 그마저도 감정의 사치였다.
> (중략)
> 어둠 내린 길에 홀로 서서 막막해 있는 그녀를 싸안고 등을 쓸어주며 말하고 싶었다.
> 괜찮아요. 울어 봐요. 우는 건 나약한 게 아니에요. 그러니 참지 말아요.
> 그러나 건넬 수 없는 마음의 말 대신 도영의 손이 종이 위에서 깊은 연민을 담아 움직였다. 흰 지면에 검은 글자가 추상으로 꼭꼭 박혔다.

도영이 여자 몰래 그녀의 말을 받아적는 행위는 작품이 전개되는 내내 글쓰기에 대한 비유로 활용된다는 점에 특히 주목할 필요가 있다. 그 행위는 자신도 의미를 정확히 모른 채 시작되었다. 여자와 전화 통화를 하면서 그녀의 말을 들을 때 "정서가 깊이 동하는 어떤 글을 읽을 때처럼 충동의 감각이 반응했고 활자화하고 싶은 갈망이 커졌다. 잘 쓸 수 있을 것 같은 격

동이 일며 빠져들었다."그에 대해 한편으로 보면 '작가의 벽'
에 부딪힌 어느 작가 지망생이 여자의 말을 받아적음으로써 무
언가 돌파구를 마련할 수 있을 것 같은 어렴풋한 예감이 작용
한 듯하다. 소위 말하는 뮤즈의 도래인가? 어쩌면 여자에게서
촉발된 정서를 어떤 식으로든 표현해 보고 싶은 작가로서의 본
능적 반응인지도 모른다.

   도영의 글쓰기는 단순한 여자의 말을 옮기는 데서 약간 바
뀌어 "여자의 말을 듣는 동안 떠올랐던 문장을 되새김하며 입
력"하는 것으로 발전한다. "그녀의 목소리가 가라앉았다. 무엇
때문일까. 어느 숲을 다녀왔다는데 갈래를 잡을 수 없는 기류
가 섞여 있었다…"여기서 도영은 여자가 말한 내용을 그대로
옮기는 것이 아니라 그만의 독자적인 서술 형태를 만들어 내고
있다. 도영은 소설 쓰기에 대해서 점차 알아가고 있으며, 그런
도영의 변화를 촉발시킨 여자는 도영에게 사실상 소설 쓰기를
가르치고 있는 셈이다.

   도영은 입력한 문장을 다시 읽어보며 어느 날 예기치 않게 다
 가든 여자의 무게가 문득 짚어졌다. 여자는 어쩌면 구름이 많
 이 끼어 흐린 날, 사이를 뚫고 나온 무심한 한때의 햇살 같은 걸
 까, 잠시 스치는 어지러운 빛의 산란 같은 걸까. 만약 그런 거라
 면… 이미 발길이 들어섰는데 미처 볼 수 없었던 차가운 유리면
 이 놓여 있다면… 혹여 그게 깨질까 불안해지는 거라면 어찌할

까. 도영만의 그런 불안함이 확실시될지는 알 수 없으나 그럴 수도 있을지 모른다는 생각이 들자 심경이 아주 쓸쓸해진다. 아무래도 여자를 향한 마음이 이미 깊어진 것 같다.

도영의 글쓰기는 여자를 향한 공감이 깊어지는 과정이기도 하다. 단순한 호기심 내지 자신도 알지 못하는 작가적 본능의 지시로 시작된 글쓰기는 자신이 쓴 글을 다시 읽어보는 과정 즉 퇴고의 과정을 거친다. 그렇게 최초의 독자가 되어보는 과정을 거치면서 글 속의 주인공에 대한 감정이입으로 이어진다. 자신이 쓴 글을 읽고 자신이 그 속에 공감되는 것은 어느 정도 작품 자체가 자율성을 획득하고 있다는 신호이다. 더 이상 작가가 자신이 만들어 낸 세계의 주인이 되지 않을 때, 바꾸어 말하면 자신이 만들어 낸 세계와 그 속의 인물이 작가의 통제를 떠나 자체적인 생명력을 지닌 채 움직이고 있을 때 비로소 소설다운 소설이 시작된다.

한편 도영의 글쓰기는 자신을 향한 성찰의 과정이기도 하다. 여자가 그동안 겪었던 가족사의 상실과 결여를 담담한 목소리로 고백하는 것을 들으며 도영도 자신의 가족사를 돌이켜 본다. 아버지를 향한 원망과 연민. 누추한 아버지의 존재로 인해 주변의 냉대를 받았을 때 철없는 아들이 부끄러운 아버지를 원망하는 것은 자연스러운 일이다. 그러나 어느새 훌쩍 커버린 아들은 여자의 읊조림을 매개로 하여 그동안 부끄러워하고 애써 외면하기만 했던 아버지의 존재와 그런 아버지의 아들인 자신을 정면으로 대면하고 이제는 원망이 아니라 연민의 시선으로 아버지를 떠올린다.

어머니에 관한 생각도 마찬가지다. 가족에게 큰 상처를 주고 떠난 어머니의 존재에 대해 도영은 오랫동안 외면해 왔다. 그래서 그동안 어머니를 향한 도영의 감정은 마치 자신과는 아무 상관없는 타인을 대하듯 '멀건 감정'이었다. "도영은 어머니가 떠나버렸을 때 슬프거나 사무치게 그립지 않았다. 원망하지도 않았다. 원래부터 없었던 존재로 무심하게 치부했다… 라고 오래도록 그리 여겼다." 작품의 서술자는 그것이 어린 도영의 자존심을 지키는 일종의 최면이었다고 꼬집고 있는데, 어머니가 남긴 빚을 갚기 위해 허덕여서 생각할 여유조차 없었던 것이 아닐까 싶기도 하다. 그러나 여자의 말을 글로 옮기면서 이제 도영은 어머니의 존재를 외면하지 않는다. 상실과 결여에 관한 여자의 말을 들으면서 또 그것을 자신의 글로 옮기면서 애써 외면했던 자신의 상실과 결여를 뒤늦게 직시하는 것이다. 그리고 자신 속에 잠재되어 있던 상실과 결여의 깊이로 인해 더더욱 무언가를 절박하게 갈망하고 있었다는 걸 깨닫게 된다. 그것이 글쓰기의 바탕이었다는 사실도 이제 도영은 서서히 알아간다.

돌아보면 어머니에 대한 멀건 감정은 도영 스스로 쳐놓은 지독한 상실감의 다른 함량이었다. 채워질 수 없어 안타까이 갈구하는 헛된 발버둥이, 복병으로 도사렸다가 형체도 불분명하게 스멀대고 기어 나와 갉아대는 거였다. 어느 날 불현듯 절박한 무언가를 끄집어냈던 것도 그 발로의 표출이었을지도 모르겠다. 그것의 바탕이 글을 쓰고 싶다는 대체 염원의 꿰였는지도.

돌이켜보면 여자는 "소설은 어떤 걸까요?"라고 도영에게 질문하였다. 그리고 소설이란 간절함이 터져 나오는 것이라는 소설창작의 비법을 직접 예시로 보여주고 있었다. 요원하다는 것은 결핍이라는 것, 뒤집어 "결핍이기에 갈망하는 거죠"라는 단순하면서도 부인할 수 없는 확고한 진실을 말한다. 이에 도영은 그녀가 들려주는 이야기에 공감하고, 자신을 되돌아보면서 글을 써나갈 수 있었다. 이처럼 처음부터 여자는 도영에게 소설 쓰기에 대해서 가르쳐 주고 있었는지도 모른다. 또 상실과 결여로 점철된 삶에 대처하는 인생에 대해 암시를 주고 있었는지도 모른다. 그렇다면 이 작품은 소설창작이 무엇인지 알아가는 과정에 관한 대위법적 전개로 확실히 파악된다.

5.

　작품의 결말에 이르러 여자는 정안시를 떠나면서 도영에게
다시금 파미르고원에 가는 길에 관해 이야기한다. "우리가 살
아가면서 걸어야 할 길의 방향은 무수할 거예요"라고 운을 띄
운 여자의 이야기는 파미르고원을 향한 지난한 여정이 곧 우리
들의 삶에 관한 비유라는 사실을 새삼 확인하게 한다. 그리고
파미르고원으로 가는 길에서 만난 한 여자에 관해서도 이야기
한다. 수행의 길 곧 '무언가를 비우기 위해 가는 길'을 가면서
일상적 생활을 영위하는 데 필요한 수많은 짐을 실은 수레를
힘겹게 끌고 가는 여자. 그것이 결국 우리들 삶의 모습이 아닐
까, 라는 암시를 던진다.

　척박한 길 위의 한 여자와 한 남자를 보며 결국 삶은 도돌이
표라는 생각이 들었어요. 어딘가로 나아가고 무언가를 벗어내
려 하지만 주체가 뿜어내는 수많은 욕망 안에서 뱅뱅 돌고 있
는 건 아닌지. 그들은 무엇을 버리고 무엇을 얻으려고 혹은 무
엇을 깨닫기 위해 저토록 힘든 노정을 가고 있는 건가, 라는 궁
금증이 들었어요. 과학 문명인 자동차에 앉아 편히 가고 있는
내게 대신 물었으나 대답할 수 없었어요. 내가 지나고 있는 현
생의 시간 속에서 나라는 개체의 의미마저 파악하지 못하니 말
이에요. 나 또한 수많은 욕망 안에서 뱅뱅 돌고 있는 우주 속의
한낱 미약한 존재니까요.

여자의 암시는 현생의 시간, 우주 속의 미약한 존재 등을 볼 때 불교적인 화두를 연상한다. 동시에 '삶은 도돌이표'라는 단순하지만 누구도 쉽게 부인할 수 없는 발상은 까뮈의 시지프 신화를 떠올리게 한다. 산꼭대기를 향해 바위를 밀어 올리기를 끝없이 반복해야 하는 형벌을 받은 시지프를 인간의 운명에 비유한 까뮈에 생각이 미칠 때, 이 작품의 주제는 인간의 운명이라는 실존주의적 명제에 대한 진지한 성찰이라는 또 다른 맥락을 지니게 된다.

여자가 남긴 말을 곱씹으며 도영은 컴퓨터를 열어 다시 글을 쓴다. "그녀는 알 수 없었다. 지나고 있는 현생의 시간 속에서 자신이라는 개체의 의미마저 파악하지 못했다"라고. 그 순간 도영은 "그녀라고 지칭했으나 도영 자신이라고 바꿔도 무방"하다는 사실을 깨닫는다. 여자와 통화를 하면서 들은 이야기가 결국 자신의 이야기이기도 하다는 사실을 뒤늦게 깨달은 것이다. 그래서 이제 도영은 자신의 글을 쓰기 시작한다. 여자의 말 속 에밀 아자르가 걸었고, 푸른 환영 속의 여자가 걸었던 그 길을 도영이라는 작가 지망생이 또다시 걸어가기 시작하는 순간이다.

글을 쓰겠다는 이유 하나를 내걸고 낯선 곳으로 떠나왔던 건 진실이었을까. 단지 오래도록 억눌렸던 것에서 벗어나려는 핑계였을까.

　(중략)

　그건 결국 가족이라는 허물어진 둥우리였을까. 거기에서 내내 벗어나고 싶었던 지독한 갈망이 딱딱하게 굳어 둘러싼 건 아니었을까…

　여자는 "지금은 전화를 받을 수 없습니다"라는 말 저편으로 사라졌다. 더는 여자의 목소리를 들을 수 없을 것임을 도영은 예감한다. 다시 도영은 혼자가 되었다. 고독에 서 있게 된 도영의 눈앞에 굵은 눈발이 휘날리기 시작한다. 흐린 저편에 있을 여자를 다시 보고 싶다는 소망을 투영하지만 몰아치는 눈발로 인해 이내 시선은 가로막히고 만다. 급기야 "눈발의 이쪽과 저쪽인 경계의 혼돈에서 아른대는 절실한 갈망은 갈피를 잡지 못해 자꾸 흐려졌다"라는 문장으로 작품은 끝난다.

　과연 도영의 앞길은 어떻게 펼쳐질 것인가라는 질문이 독자를 기다리고 있다. 그것은 도영의 입장에서 소설의 문장이 펼쳐놓은 길을 충실히 따라왔던 독자들에게 실제 독자 자신의 앞길은 어떻게 펼쳐질 것인가라는 이중의 질문을 내장하고 있다. 푸른 장미 문신을 한 환영 같은 여자가 남긴 도영과 독자를 동시에 겨냥한 질문이다. 대위법적 서사가 궁극적으로 도달하고자 한 것이 바로 삶의 길에 대한 묵직한 질문이었다.

질문에 대한 답은 둘 중 하나다. 도영이 눈길에 쓰러져 좌절하거나 반대로 끝까지 버티면서 눈길을 계속 걸어가는 것이다. 도영의 주위를 둘러싼 객관적 상황은 전자 쪽에 손을 들게 한다. 하지만 아름다운 문장을 따라서 푸른 장미 문신의 환영에 이끌려, 상실과 결여의 슬픔에 공감하고 간절한 그리움 혹은 갈망에 공감한 독자라면 후자 쪽을 응원하지 않을 수 없다. 까뮈가 말했듯 세상에 대한 기본적 질문들로부터 도망치지 않고 오히려 그것들과 직면해서 싸우는 것, 그것이 영원한 욕망의 도돌이표를 계속해서 걸어갈 수밖에 없는 우리가 처한 실존적 상황에 대한 유일한 저항이자 진정한 삶의 의미를 발견하는 길이기 때문이다. 결국 상실과 결여의 운명에 관한 대위법적 서사로 빚어낸『푸른 환영』은, 인간은 삶의 의미를 스스로 만들어 낼 수 있는가에 관해 진지한 철학적 질문의 소설적 형상화다.

안개가 짙다. 사위는 거의 분간되지 않아 불안정했다. 시간이 지나면서 안개는 서서히 걷혔다. 일상에서의 활동 반경 가시거리는 확보되었으나 쨍하게 청명하지는 않았다. 미진함처럼 아주 미세한 연기가 퍼진 듯했다. 둘러싼 산자락 멀리 눈길을 건네면 여전히 흐릿한 윤곽이 아스라했다.

자동차를 타고 그런 날의 어느 공간을 달렸다. 길가 양쪽으로 서 있는 나무들 우듬지가 맞대다시피 울창했다. 그곳으로 햇살 무리가 집중 조명처럼 가닥가닥 비쳐 들었다. 나무들이 벗어내는 가을 색 물든 많은 이파리가 그 속을 춤추듯 날았다. 사분사분. 팔랑팔랑. 일시에 후르르 가 아닌 천천히, 꿈결같이 유영했다. 그 정경이 가슴 아리도록 쓸쓸하면서 아름다웠다.

『푸른 환영』의 도영과 여자를 생각했다. 글을 쓰는 동안 나는 글 속의 그들과 하나가 되었다. '도영'이었으며 '여자'였다. 각기 다른 그들의 세계를 오가며 함께 했던 날들은 아슬한 생의 조각 조각으로, 흐릿한 안개 속 어딘가에 켜졌을 희미한 불빛을 찾는 일이었다. 그 속에서 같은 곳을 순연純然하게 갈망하며 공역의 접점으로 향하기를 바랐다.

이제 내 몫을 마친 나는 그들에게서 분리된다. 그들이 서로에게 어떤 의미와 무게로 남을지는 그들 몫이다. 만약… 어느 때 우연히 그들을 다시 만난다면 나는 심상해질까. 아마 잘 지내냐는 담백한 인사말 한마디를 툭 건네고 스치듯 그저 지나치게 될지도.

지금, 현실의 나도 꿈결처럼 떨어져 날리는 나뭇잎들 속을 그저 지나간다.

2023년 10월 이서진